未知なる死から非知なる生へ

フランス近現代詩の流れ

尾崎孝之 *Takayuki Ozaki*

unite

未知なる死から非知なる生へ——フランス近現代詩の流れ——＝目次

まえがき

フランス語で書かれた文学作品を、外国人である日本人が読む。そこには、フランス人が母国語としてのフランス語を読む時に感ずるのとは異なった世界が展開するに違いない。例えば、« la mouette » というフランス語に対面する時、日本人はどうしても「鷗」という日本語を通して « la mouette » を思い浮かべてしまう。それは、フランス人が « la mouette » に接していきなり思い描く、あるいは、聴き取るのと同じイメージや音ではありえない。

フランス人でも、« la mouette » に関してすべての人が同じイメージや音を思い描いたり、聴き取ったりはしない。それは、一人の日本人が「鷗」に関して常に同じイメージや音を感得することがないのと同一であろう。

それでも、ことばには、フランス語や日本語という差異をすり抜けるような抽象的な側面がある。それは、ある意味で、ことばの普遍性と呼んでもいいかもしれない。

むしろ、ことばは本来的には具体的な個々の事物の抽象である。そして、この抽象が人と人との間の相互理解を可能にする。外国語の翻訳を可能にする。

しかし、それは可能にするだけであって、その相互理解なり翻訳なりが完全なものであることを保証しない。

ことばの持っているこの抽象が、意味と呼ばれるものを形成する。「鷗」や « la mouette » ということばを聞いて、何かが分かったような気がするのも、相手の言うことを聞いて何かが伝わったような気がするのも、この抽象がもたらす意味のおかげである。

しかし、忘れてはならないことは、抽象としてのことばが成り立つためには、まさに、それが抽象されるべき具象が存在していなければならないということである。だが、抽象と具象とは正確に判別された二つのものではないことにも注意しなければならない。つまり、具象があって初めて抽象があるのではなく、この具象と抽象とは、おそらく、同時に存在し始めると考える方がよいかもしれない。

さらに、この具象と抽象とを、カオスとコスモスに譬えるとすれば、カオスがカオスだけである時には、それはカオスでさえもなくなる。すなわち、カオスとして認知されることがない。カオスがカオスとしての相貌を提示するのは、カオスを眺めるコスモスの眼があって初めて可能なのである。

逆に、コスモスの眼も、カオスという対象がなければ、認知する、区分するという眼としての働きができない。さらに言えば、コスモスという眼は自分が一方的にカオスを見つめることはできなくて、カオスの方から見つめ返される動きがなければ、それは視線として存在しないのである。

そして、このカオスとコスモスという二つのあり方は、死と生というもう一つの組み合わせに通じる。死というカオスと生というコスモスとが出会うところに詩が生まれるのかもしれない。つまり、詩という出会いにおいては、ことばという抽象がそのままものという具象に変容するのである。

ルネ・シャールは「詩作品は欲望にとどまる欲望が実現された愛である」と言う。この時、欲望はカオスであり、愛がコスモスであるが、このカオスとコスモスは決して切り離すことができない。つまり、詩とはカオスを体現したコスモスなのである。それはしたがって説明され尽くしてしまうことはない。言ってみれば、詩とは漆黒の闇に投じられた一筋の光であるが、その光は同時に漆黒の闇を浮かび上がらせてもいる。しかも、光が闇を消し尽くしてしまうことはない。

さて、本書が試みる作業は、ことばの抽象＝意味を通して、フランス近現代詩の一つの流れをできる限り具体的に考察することである。

ポール・ヴァレリーは、十七世紀の詩人ラカンの言をうけて、詩作品（特に韻文作品）と散文作品とは、「舞踏」と「歩行」とのように違っていると言っている。ことばに色や匂いや音や手触りを感じる「舞踏」と、そうした感覚を抽象した「歩行」との違いである。詩作品という「舞踏」を真に享受するとは、その「舞踏」のリズムに共鳴して共に「踊り」出すことである。それは、そのリズムに共鳴してもう一つの詩作品を創作することにつながるかもしれないが、しかし、本書のように詩作品について何かを言おうとする時、それは必然的に「歩行」の作業にならざるを得ない。何故なら、詩作品について何かを述べることは「散文」の世界であるからだ。

本書は三つの部分から成る。

第Ⅰ部第一章では、十九世紀半ばから二十世紀半ばに至るフランス近現代詩がどのような推移を辿って流れて行ったのかを、ボードレール、マラルメ、ランボー、ヴァレリー、ジューヴ、シャール、ボヌフォワ、ジャコテという詩人たちの作品を引用しながら具体的に考察した。そこには、まさに、未知なる死から非知なる生へという一つの流れが読み取れるのである。

第Ⅱ部では、ピエール・ジャン・ジューヴ、ルネ・シャール、イヴ・ボヌフォワ、フィリップ・ジャコテという四人の詩人の作品を取り上げて考察した。

第二章では、「罪を生きるのではなく、生きることが常にすでに（神の実在を妨げるという意味で）罪（を犯すこと）である」という人間の条件が、「痛切な心の震え」と共にうたわれているピエール・ジャン・ジューヴの『失楽園』を取り上げた。

第三章は、ジューヴが自らの文学活動の再出発を画期する作品「想い」を論じた。そこには、すでに、詩人が将来にわたって展開することになる、生と死をめぐる深い謎を秘めた世界がうたいあげられている。

第四章は、ルネ・シャールの代表的な詩集『憤怒と神秘』をめぐって、2という数に象徴されるさまざまな動きが観察されることを論じた。それは、相対立するものの出会いがもたらす2の動きが、レジスタンスの時期に詩人のうたが採ることのできた最適のリズムだったからである。

第五章は、シャールが第二次世界大戦の後に発表した「鮫と鷗」の読解を試みた。戦争という悪夢のような世界から目覚めた人々に、自由の未来に向かってうたいかける詩人の姿が垣間見られることを確認した。

第六章では、イヴ・ボヌフォワの「湾曲する板」を通して、ことばの魂としての意味と、ことばの身体としての音や綴りが一つになるところに、「うた」が出現することを結論として提示した。

第七章は、フィリップ・ジャコテの詩の世界がいかに自然の風景、情景と深く強い関係を結んでいるのかを、そして、そこに何を読み取ることができるのかを、いくつかの詩篇を具体的に引用しながら考察した。

第Ⅲ部第八章では、ポール・ヴァレリーとモーリス・ブランショがそれぞれ文学についてどのように考えているのかを論じた。人間＝自我に対する信頼を捨てることのなかったヴァレリーと、宗教的ともいえる終着点への動きとそれを反転させた始発点への動きとに引き裂かれた時空に出現する、ニュートラルな自由を目指すブランショとの差異が確認された。

本書もユニテの林鉱治氏のおかげで刊行することができた。林氏と、編集を担当してくれたあるむの橋本華さんに心からの感謝を捧げたいと思う。

そして、本書がフランス近現代詩だけではなく、詩というものに対する興味を、一人でも多くの人の心に呼び起こすことができるとしたら、それは筆者望外のよろこびである。

各章の初出は以下の通りであるが、補足、訂正、削除をほどこした箇所がある。

なお、訳文中の傍点は原文がイタリック体、〈 〉は原文が大文字、「 」は原文が引用符であることを、／は原文が改行されていることを示す。／／は詩節の区切りを示す。また〔 〕は訳者が補ったもの、（……）は中略である。そして『 』は作品名、「 」は作品の中の一篇の題名を示す。

第一章　「未知なる死から非知なる生へ——フランス現代詩の流れ——」『愛知学院大学教養部紀要』第四十九巻第一号、二〇〇一年八月

第二章　「ジューヴの『失楽園』について」愛知学院大学語学研究所『語研紀要』第二十巻第一号、一九九五年一月

第三章　「“Songe”試論」愛知学院大学論叢『一般教育研究』第二十八巻第一号、一九八〇年九月

第四章 「2の詩学」愛知学院大学語学研究所『語研紀要』第十八巻第一号、一九九二年一月
第五章 「『鮫と鷗』試論」『愛知学院大学教養部紀要』第五十五巻第二号、二〇〇七年十二月
第六章 「『湾曲する板』試論」『愛知学院大学教養部紀要』第五十四巻第二号、二〇〇六年十二月
第七章 「フィリップ・ジャコテ——自然と詩人——」『愛知学院大学教養部紀要』第六十一巻第二号、二〇一三年十月
第八章 「文学のかたち——ヴァレリーと特にブランショをめぐって——」愛知学院大学語学研究所『語研紀要』第三十六巻第一号、二〇一一年一月

第Ⅰ部

第一章　未知なる死から非知なる生へ——フランス近現代詩の流れ——

I

　フランス近現代詩が、何時、誰から始まるのかを決定するのは、不可能であろう。それに、詩というものが、日常の現実と同じように、時代の流れと並行して変化するとは限らない。時の流れ、時代の空気を反映する側面と、そうした時流の変遷を超越したもう一つの側面が、詩には存在するからである。

　また、フランス近現代詩の流れといっても、本来それは決して一つではないことに留意しなければならない。本章が問題にする十九世紀半ばから二十世紀半ばにかけてフランスで詩作活動を行なった詩人は、夜空を彩る星のように数え切れないかもしれない。しかもそれぞれの詩人たちにしても、常に同じ形姿を提示する詩作品を創ったわけでもない。この言わばカオス状態にある詩人たちや詩作品の中から、ある意味で任意に何人かの詩人といくつかの詩作品を選んで、一つの流れを想定しようとするのが本章の試みなのである。それは、先ほどの夜空の星のイメージを用いて言えば、無数に存在する星の中からいくつかの星を選んで結びつけることで、一つの星座というコスモスを浮かび上がらせる試みに似ている。

さて、文学史の上で、フランス近現代詩を始めたとされる詩人がいる。ボードレールである。十九世紀の半ばに創作活動を行なったこの詩人は、ラマルチーヌ、ミュッセ、ユゴーという先行する詩人たちがそれまでにうたわなかった分野を開拓しようとした。ここに、独自性、アイデンティティーの追求という近現代人に通底する試みの萌芽が観察される。しかし、この独自性の追求は、近現代人を孤独の閉域に押しやるものでもある。

だが、ボードレール以前の詩人たちに独自性がなかったかというと、そうでもない。ヴィコンやマロやロンサールも、彼ら独自のうたをうたっている。では、何が彼らとボードレールとを分け隔てているのであろうか。それは、ボードレールにおける意識の鋭さであり、そして、おそらくはそれを可能にする無意識への信頼である。

ボードレールの作品に『赤裸の心』という手記がある。彼はこの手記で、自分の心の裏も表もそのありのままに表現しようとする。あらゆるタブー、あらゆる制約を侵犯する。詩を書こうとするボードレールにとって、禁じられた事柄は何一つ存在しない。すべてが許されてある。この自由を詩人たちにもたらしてくれるのが、ことばなのである。

ボードレールは自分の詩集を『悪の華』と名づける。人間の「善」はユゴーがすべてうたい尽くしたと彼は思った。したがって彼に残されているのは「悪」をうたうことなのだ、と。しかし、こんな具合に消極的に事が運んだわけではない。

ボードレールは、むしろ、悪の内にこそ、人間の真実の姿が映っていると考えた。事実、彼は、「そこに〈不幸〉の存在しないような〈美〉のかたちを私は思ってみることもできない[1]」と述べている。善を喜ぶ人間の心の内に巣くう悪への傾き、これは、生の輝きという装飾の下に隠された死の暗さにどこかで通じている。ボードレールには、この互いに対立する二面に対する二つの眼差しがあるとしても、それでも、より強く彼を捉えているのは、悪や死へのこだわりである。これは何を意味するのであろうか。それは、悪や死が彼にとって、あるいは、ユゴーの後に来た彼と同時代の人たちにとって、未知のものだからである。そこには、逆に、既知のものに対するボードレールの強い嫌悪、恐怖、退屈、倦怠、憂鬱の感情が見て取れる。

一般に、知ることの喜びは、未知なるものと出会い、それを既知なるものにしようとする過程に出現する。未知なるものは、まず人の心に不安を引き起こす。人は、その不安を解消しようとして、未知なるものを既知なるものにしようとする、そこに知ることの喜びが生まれるのであろう。

ここで、一つの具体的な事例を通して、この未知と既知との関係を別な側面から考えてみよう。それは、旅をめぐってこの関係を考察することだ。よく人は、旅の喜びは旅に出るまでであって、実際に旅に出てしまうと、その旅は、喜びとは異質なものになってしまうことに気づかされる。このことから、次のようなことが言えるかのようである。つまり、未知なるものは、未知なるものである限りにおいて喜びになりうる、それは、まさに既知なるものになるという予感としての未知なるものの喜びなのであって、それが実際に、既知なるものに変化してしまうことは、失望にも似た喪失感を引き起こすことになる。

では、何故、未知なるものは未知なるものである限りにおいて喜びになりうるのであろうか。それは先にも述べたように、未知なるものが、人の心に知ろうという強い動きを引き起こし、それが将来に訪れるであろう謎の解消を予感させて、人の心を喜びに打ちふるわせるからであろう。

確かに、未知なるものとの出会いとしての旅についてはこのように言えるかもしれない。しかし、未知なるものが死である時には、旅についてと同じようなことが言えるのであろうか。旅には帰りがあるからこそ、未知が喜びになりうるかもしれないが、(死そのものを生以前への帰還と見做す考え方があるとしても)死には日常世界への帰還というものがない。これはどんなことを意味するのであろう。

死を前にすると、死のことを考えると、ほとんどの人が恐れを抱いてしまう。それは、生きている者にとって、死が決して既知のものにならないことを意味するのではないだろうか。謎が解けるかもしれないという予感が、未知をめぐる喜びをもたらしてくれていたとすれば、決して解けることのない謎としての死に立ち向かうとき、人が恐怖に囚われてしまうのも自然かもしれない。

したがって、未知なるものとしての死をめぐってのボードレールの感じ方、考え方について観察する時に重要なことは、そこには、予感のふるえとしての期待だけではなく、同時に、（あるいは、まず）恐れも存在するということである。さらに言えば、未知なるものとしての死をめぐる期待は恐れと強く結びついているということである。一般に未知なるものは、まず、不安を人の心に引き起こすが、未知なるものとしての死が人の心に、不安以上の恐怖を引き起こすのは、死には、既知なるものになるという帰り道が存在しないからである。未知なるものにとどまるという意味で、純粋に未知なるものであるとも言えるこの死をめぐる期待と恐怖との強い結びつきは、しかし、恐怖や不安のないところに期待や喜びはないという事実をあらためて思い知らせてくれる。危険な遊びをわざわざ選んで、それに熱中する子供たちの心の傾きにもそれは通底している。恐怖や不安こそが期待や喜びをもたらしてくれる契機なのであろう。

ともあれ、その先に死を見据えなければ、真実の生やその喜びもないと考えるボードレール、未知なるものとしての死に憧れるボードレールの世界を垣間見るために、彼の詩作品の一つを引用してみよう。

貧しき者たちの死

慰めてくれるもの、ああ！　そして生きるようにうながすもの　それは〈死〉。
それは生がめざすもの、霊薬のように、
我々を駆り立てては酔わせ、夜が来るまで
歩み続ける気にならせるたった一つの望み。

嵐や、雪や、霧氷の向こうで、
それは我々の暗い地平でふるえて輝く。
それは書物に記された名高い宿、
人はそこで食べることも、眠ることも、座ることもできるだろう。

それは磁気の指に　眠りや
うっとりする夢の贈り物を秘め、
貧しく裸の人たちの寝床をととのえ直してくれる〈天使〉。
それは神々の栄光、それは神秘な屋根裏部屋、

それは貧しき者の財布　貧しき者の昔の祖国、
それは未知の〈天空〉へと開かれた柱廊(2)！

このボードレールの詩作品には、生に食い込んだ死の姿がうたわれている。悲惨な生を生きる者にとって、生の彼方にあるかもしれない死への憧れこそが、救いなのである。死があるのかどうか分からないが、ここと今を生きる現在の生があまりにも苛酷なものである時、人はその苛酷な生の彼方にあるかもしれない死を（「生きるようにうながすもの」という詩句が微苦笑を誘発するとしても）夢見ざるを得ない。現在の耐えられない生の持続に、それでも一時耐えようとするために憧れるもの、それが死なのである。

この詩作品では、死の恐ろしさが表層的にはうたわれていない。現在は苛酷かもしれないが、それでも、その苛酷な現在の生の方が、あるかどうか分からないだけ余計不気味な死よりもまだましであると考える人もいるであろう。

多くの人にとって死が恐ろしいのは、前述したように、それが未知なものであるからだ。決して既知のものにならない未知なものであるからだ。しかし、同時に、未知なものだからこそ、人は、それが訪れるまで死のことを考えずにすむことが可能であるのかもしれない。もし、死が何であるのか人に分かってしまったとしたら、誰一人としてここと今の生を生き続けるだけの勇気はないであろう。さらに、死が何であるのかが分からないだけではなく、死が何時やって来るのかも分からないからこそ、人は死のことをあまり考えずに、毎日の営みを続けて行くことができる。

しかし、自殺者は、ここと今の生の既知の倦怠、苦しみよりも、死の未知性の方を選び取る。とすれば、ボードレールは、自殺者の心理を（一つのポーズとして）もっていることになるのであろうか。

ボードレールのうたをもう一つ引用する。それは、「旅」と題された『悪の華』最後の作品の最後の二詩節を構成する八行である。

おお〈死〉よ、年老いた船長よ、時間だ！　錨を上げよう！
この邦にはもううんざりだ、おお〈死〉よ、出航しよう！
空と海とが墨のように黒々としていても、
お前も知っている我々の心は輝く光線であふれている！

我々を力づけるために　お前の毒を注いでくれ！
激しい想いが我々の脳を火と燃え立たせている
〈地獄〉でも〈天国〉でも構うものか、深淵の奥底に、
新しいものを見つけるために〈未知なるもの〉の奥底に、飛び込みたいのだ！[3]

ここでも「〈死〉」は、「〈未知なるもの〉」としてうたわれている。そしてそれが「〈地獄〉」であるのか「〈天国〉」であるのか分からないし、分からなくても構わない、いやむしろ、分からない方がいいとうたわれているような気がする。死がこうして、未知なるものだからこそ、死には、「新しいもの」が、私たちをうんざりさせることと今にはないものが、見つかるかもしれないと詩人はうたう。

ところで、死は、詩人や人間たちにとって、未知のものかもしれないが、死の方からは、詩人や人間たちのことが分かってしまっている（「お前も知っている我々の心」）ということをこの詩節から読み取ることができるかもしれない。

それは、ここと今を生きる私たち人間が実は主役ではなく、むしろここと今の彼方にあるかもしれない、あるいはないかもしれないものとしての死の方が主役であることを意味する。「〈死〉」は「船長」なのである。生という船を操作する主体なのだ。死はその時、この船を操る船長であると同時に、この船を乗せている海であるのかもしれない。そして、「船長」である「〈死〉」に導かれて、私たちはその海へと出帆する。

ボードレールが港や海に浮かぶ船に心引かれるのは、それはまさに、海という死に、船という生が乗っている姿を、死の大海に囲まれた生の孤島の姿を、そこにまざまざと見てしまうからであろう。

死に乗った生の姿、これがボードレールの詩の世界なのである。したがって、そこにはまだ、未知なるものとしての死に対する、生を支えるものとしての死に対する、憧れ、夢があった。さらに言えば、死はボードレールにとって生に残された未知なる部分であった。

II

ところが、ボードレールの影響を受けたマラルメには、しかし、こうした未知なるものとしての死に対する憧れが、ボードレールにおけるほど、素直なものではなくなってしまう。マラルメの有名な作品「海の微風」を引用する。彼は、そこで、すべての書物を読んでしまったとうたう。

書物を読む楽しみは、そこに未知なるものを見出すという、発見の喜びに由来する。したがって、マラルメの言うように、すべての書物を読んでしまうとは、未知なるものが最早存在しなくなることを意味する。

海の微風

生身は悲しい、ああ！　しかも私はあらゆる書物を読んでしまった。
逃げ行くこと！　彼方に逃げ行くこと！　鳥たちが未知なる水泡と
天空の間にいて酔いしれているのを感じる！
何一つ、眼に映る懐かしい庭々もまた
海に身を浸すこの心を　引き止めることはないだろう
おお夜よ！　そしてその白さが守っている
空虚の紙を照らす　私のランプの空漠とした輝きもまた
子供に授乳するその若き妻もまた　引き止めないだろう。
私は出て行く！　マストを揺する蒸気船よ、
異国の自然をめざして錨を上げるがいい！
〈倦怠〉は、むごい希望に打ちひしがれて、
ハンカチの最後の別れをいまも信じている！

しかも、思うに、そのマストは、嵐をよびこみ
風が難破へと傾けるマストなのかもしれない
役立たなくなり、マストの影は、どこにもなく、肥沃な小島もない……
だが、私の心よ、水夫たちのうたを聞くがいい！(4)

このマラルメの初期の詩作品には、すでに後年の統辞上の自由が観察される。それは、特に、«Rien, ni..., ni..., ni... »（「何一つ、……もまた、……もまた……もまた、」）という箇所である。ことばが、マラルメにおいてはかなり自由に動いている。きっちりと嵌め込まれているのではなく、そこでのことばの繋がりには、ある種の隔たりをもったゆるやかさが窺われる。このゆるやかな隔たりに、死への憧れに対する隔たりが反映しているのかもしれない。

また、この引用詩には、「未知なる」や「錨をあげるがいい」「この心」というボードレールの「旅」と共通することばが使われていて、それが、二つの詩作品の近さを感得させてくれる。

実際、ここでも、海を象徴する「水泡」が、「未知なる」ものとしてうたわれているのは、未知なる死が海としてうたわれていたボードレールの「旅」と同じであろう。

しかし、「〈倦怠〉は、（……）ハンカチの最後の別れをいまも信じている！」という詩句の「いまも」は、すでにそうした未知なるものとしての死の未知性が、最早、充全には信じられていないことを雄弁に物語っている。近い将来のいつか、死の未知性に対する信頼が消え失せるであろうことがすでにうたわれている。そして、ここにも「あらゆる書物を読んでしまった」こだまが聞き取れるのである。

死である海は、たとえ船が港を離れるとしても、その船を運ぶことはせずに、単純に船をのみこんでしまう。そこには、死に浮かぶ生ではなく、死にのみこまれる生しかない。死に対する憧れという生の息吹きがボードレールにはあったが、マラルメは、死に立ち向かうのではなく、逆に、死の方から語りかけられてしまうかのようである。

「眼に映る懐かしい庭々」という詩句がうたうように、生が眼に映るとすれば、死は耳に聞こえるのである。最終行の「水夫たちのうたを聞くがいい！」という「私の心」に対する呼びかけが、このことを生き生きとうたっている。そこには、最早、能動的に聴く（écouter）動きではなく、受動的に聞く（entendre）動きしかない。

ここから次のようなことが言える。つまり、主体は、最早、ここと今を生きる自分にはなく、ここでもなく今でもない死の方に移ってしまっている。その時「水夫のうた」とは、セイレーンのうたを耳にして心惑わされ、海の深淵に沈み行く水夫たちの、声にならない死の叫びであるのかもしれない。そして、「水夫たちのうたを聞く(entendre)」と「水夫たちのうたを聴く(écouter)」をもう一度比較してみると、マラルメがうたう「聞く」の場合、「水夫たちのうた」としての死（者のうた）の方が「私の心」よりも先にあることが理解されるのである。

III

もう一人、海での死をうたった詩人がいる。ランボーである。彼は、十六歳の時、パリのヴェルレーヌのところに行く手土産として「陶酔する船」を書いた。この詩は、河を航行していた曳船が、自由になって大海におどり出し、海の詩に酔う世界をうたったものである。その後半に、船である「私」は死を願うかのように、次のようにうたう。

それにしても、私は涙を流しすぎた！〈曙〉は悲痛なものだ。
月はどれも惨いし　太陽はどれも苦い、
辛い恋の心酔わせる気だるさで私は一杯になった。
おお　私の竜骨は砕けるがいい！　おお　私は海に沈むがいい！

私がヨーロッパの水を望むとすれば、それは
馨しい黄昏時に　悲しみに溢れた
子供が一人蹲って　五月の蝶のようにか細い
舟をそっと手放す、林の中の黒々として冷たい沼の水。

おお　波よ、お前たちの物憂さに浸って、私にはもうできなくなった、
綿を運ぶ船からその航跡を奪うことも、
旗や長旗の誇りを妨げることも、
廃船の恐ろしい目の下を漂うことも。(5)

ボードレールも、マラルメも、自らは陸地にいて、海への出発を夢見ているところでその詩が終わっていた。と

ところが、ランボーはただ一人、海へと乗り出して、海の深淵にのみこまれて行く動きをうたう。

そこでは、したがって、海は詩人にとって未知のものではなく、出会いをすべきものとなっている。事実、ランボーは「私は（……）を知っている」とか「私は（……）を見た」「私は（……）を夢見た」「私は（……）の後をつけた」「私は（……）にぶち当たった」とうたう。そして、「私は人が見たと思うものを時として見た！」[6]とも、うたっている。

ボードレールやマラルメが港や陸地にいてはるかに思いやっていた、（死＝詩の）海の真っ只中にランボーは出発し、それにぶつかり、それを目にする。「百聞は一見にしかず」というように、いくら聞い（entendre）てもそれは、ついに、見る（voir）ことにはかなわない。聞くことと見ることとの間には、死と生との間にある（？）かもしれないほどの大きくて深い隔たりが存在しているのである。

ボードレールやマラルメが聞くことの次元にとどまるのは、彼らがここと今という既知なるものに感じる「〈倦怠〉」の大きさに見合うだけの、未知なるものに対する憧れがあったからであるが、しかし、未知なるものとしての死への憧れは、憧れとしてとどまる。

ところで、憧れとは何であろうか。それは、ここと今という現実の生から逃れ、ここと今とは違うもう一つの時空を想定し、そこにあそぶことを意味する。

ランボーは、このあそぶということに我慢ならなかった。彼はその詩業の終わりに、そうした憧れへのあそび一切を断ち切って、ヴェルレーヌが「詩法」でうたう「文学」[7]とは縁を切って、「文学」を志向することばのあらゆる自由からも離れて、ここと今という「ざらざらした現実」に帰ろうとする。つまり、「文学」や「詩」という憧れを切り捨てるのである。一時期は、ことばの力によって「永遠」を、「永遠」という「文学」や「詩」を、打ち立てようと試みた自分を切り捨てるのである。

ついに、おお　幸せよ、おお　正しさよ、私は空から空色《アジュール》を引きはがしてみた、それは黒い色をしている、そして私は生きた、なまの光の黄金の輝きとなって。嬉しくて、私はひどくおどけて狂ったような表情でいようとした、

また見つかった！
何が？　永遠。
それは太陽に
巻き込まれる海。

（……）

私はとんでもないオペラになった、あらゆる生者がどうしても幸せにならざるをえないことを私は見た、行動は生ではなく、力をだめにしてしまうやり方であり、いら立ちなのだ。道徳は頭脳の弱さである。[8]

ことばを紡いで憧れを形作る限りにおいて、自分の存在を「オペラ」にする限りにおいて、そして、そこに「なまの光」が黄金に輝く「幸せ」を見ることができる限りにおいて、ランボーにとって、現実生活を構成する「行動」はそのまま「生」ではありえなかった。

ランボーは、そうした「行動」とは少しずれた時空、あたかも現実の「空」から憧れの「空色《アジュール》」を「引きはが」したところに出現する時空にいて、ことばを通して、そして、ことばの場で、永遠の「幸せ」を所有しようとした。しかし、ランボーには、それが同時に「黒い色」をした死であることが分かっていた。とすれば、「生」ではない「行動」とは少しずれた時空も、また死に強く結びついてしまうことになる。

ところで、何故、「私」にとって行動がそのままでは生ではありえない時空が実現したのであろうか。それは、やはり、ことばの存在が大きな役割を果たしている。人間はことばをもってしまった。あるいは、もたされてしまった。それは、ここと今という現実の時空にいながら、同時に人間をここでもなく今でもないニュートラルな時空[9]に連れ出すある種の力、魔力に人間が囚われてしまったことを意味する。そのために、「生」である「行動」をもたらしてくれるかもしれないここと今という限定が、消え失せてしまうのである。

このニュートラルな時空、不在のものとも、現前のものとも言えない、その限りにおいて、きわめて死のあり方に近い時空は、また、永遠のそれをも喚起している。何故なら、ここと今が、まさにここと今に限定される時空だとすれば、その限定を取り外した時空に出現するかもしれないものが永遠の時空だからである。

この永遠に通底する美についてランボーは、『地獄の季節』の「錯乱II　ことばの錬金術」で次のように言っている。

こうしたことも過ぎてしまった。今日私は美に敬意を表することができる。[10]

これは、『地獄の季節』冒頭の次の詩句と好対照をなしている。

ある晩、私は〈美〉を膝の上に座らせた。——するとどうにもうっとうしい奴だった。——だから毒づいてやった。[11]

詩集冒頭で「私」が毒づいた大文字の「〈美〉」は、「錯乱II　ことばの錬金術」では小文字の「美」になってしまっている。言わば、神の位置から人間の位置におとしめられてしまっている。だからこそ、「私」は、その「美」に、ヒステリックにではなく、慇懃無礼とも言えそうなほど冷静に立ち向かうことができるようになった。

この永遠というものに対して、ランボーは次のようにうたって、彼の文学的な営みに幕を下ろすのである。

別　れ

秋なのか　もう！　——それにしても永遠の太陽のようなものをどうして悔やむのか、私たちが神々しい輝きの発見に没頭するとすれば、——季節の流れに死にゆく人々から遠く離れて。

秋。動かない霧の中に持ち上げられた私たちの船は悲惨の港の方に、火や泥の染みついた空の巨大な都市の方に、向きを変える。(……) 私は超自然の能力を獲得したように思った。ところがだ！　私は自分の想像力と想い出とを葬りさらなければならない！　芸人と語り部の見事な栄光も消え失せた！

この私が！　自分のことを、どんな道徳も免除された魔術師とも天使とも思ったこの私が、土に返される、一つの義務を探求して、ざらざらした現実を抱きしめることになる！　百姓になる！[12]

この引用の冒頭で、「港」や「都市」の方に向きを変える船がうたわれている。「陶酔する船」も、最後にはヨーロッパを懐かしんでいた。また、引用の後半部では、出発点としての土に返る（帰る）、返らされる（帰らされる）動きがうたわれている。

とすれば、ことばを使って（ことばの場で）、詩をうたうという作業は、ランボーにとって、土から離れることを意味しているのであろう。うたうとは、彼にとって、海に乗り出すことであった。そのうたを止めることは、詩人にとって、「ざらざらした現実を抱きしめる」ことになり、それが、「一つの魂と一つの肉体で真実を所有する」[13]ことに繋がるのかもしれない。

その時、「真実」は、おそらく「神々しい輝き」に通底するのであろう。つまり、「ざらざらした現実を抱きしめる」という肉体の行動を通して、魂の内に「神々しい輝き」が差し込む。そのことによって、「一つの魂と一つの肉体で真実を所有する」ことができるようになるのである。

しかし、これは二十歳前後の詩人ランボーがその詩作品の中で述べていることばであって、それはそのままランボー自身の生身の声ではないかもしれないし、また、たとえそうであるとしても、ランボー自身の生身の声がそのままあらゆる人に当てはまる真実の姿とは言えないかもしれない。

真実の姿とは、むしろ、「真実」とは、人間が所有するものではなく、逆に、人間が「真実」に捉えられてしまうことにある。裸の「真実」をいきなり所有しようとしたところに、それを目ざして詩を捨て、ことばを離れようとしたところに、ランボーの性急さがあった。何故なら、裸の「真実」は、むしろ逆に、ことばという、言ってみれば、いつわりの光を通してしか浮かび上がることのないものかもしれないからである。

これは、あたかも、ここと今という現実が、いきなり裸の姿で人間に与えられていないのと同様である。ここと今は、その都度人間がことばを通して、ことばの光を当てることで、出現する時空なのである。それほど、人間はことばに取り巻かれてしまっているのである。

ただ、ランボーには、voir → à voir → avoir → savoir → posséder の系列に連なる眼や手でものを掴まえるという所有への能動的な動きが強大であったことを今一度確認しておこう。そこには、未知なるものを未知なるもののままにしてそれに憧れるのではなく、その未知なるものを既知なるものにすべく所有しようとする激しい欲求（にとどまる欲求？）があったのである。

したがって、ランボーを一つの分岐点として、フランス詩は大きくその流れを変えることになる。つまり、未知なるものとしての死への憧れから、（「ざらざらした現実」や「百姓」が象徴する）非知なるものとしての生への回帰である。この変換が、次節において観察するヴァレリーの「海辺の墓地」の一行「生きてみなければならない」にうたわれるのである。

Ⅳ

ヴァレリーは、その「海辺の墓地」のエピグラフにピンダロスの詩句をギリシャ語で掲げている。その意味は「おお、私の魂よ、永遠の生に憧れてはならない、可能なものの領域をすべてくみ尽くすのだ」[14]というものである。永遠の生という未知なるもの、そして、未知なるものとしての死、そうしたものに憧れ、そうしたものに囚われてはならない、これがピンダロスのことばが象徴する「海辺の墓地」の世界であるが、そのことをこの節において確認したい。

ところで、生とか死とかという単語をあたかもそれが何を意味するのか分かっているかのように手軽に使っているが、果たして、生が何であり、死が何であるのか誰に分かるというのであろう。しかし、たとえ分からなくても、それを生きて行くのが人間の姿であり、その可能性でもある。そして、生や死の意味ではなく、その可能性の次元にこだわろうとするのが、ヴァレリーの「海辺の墓地」の世界であるが、それは、超越者中心のキリスト教よりも、人間中心のギリシャに近い世界である。

換言すれば、十九世紀までの詩人たちには、神に対する何らかの信頼やこだわりがあったとすれば、二十世紀の多くの詩人たちには、そうした人間を超えた超越者としての神に対するこだわりが弱くなってしまっているということである。そこには、人間は人間であって神ではないという考え方が見られるが、これは、おそらく、世界大戦の悲惨をもたらした文明の行方を目の当りにした近現代の詩人たちが、最早、神は人間を救ってくれない、神は人間の助けにならない、神は人間を見捨てた、という感慨に強く囚われた結果なのであろう。あるいは、文明がもたらした機械のために、人間は神の力を獲得したという考えがその背後にある。

そして、今まで、生を意味づけてくれていた神の力、意味の中心としての神の力は、こうして弱まり、やがては消滅する方向に向かう。それと同時に、生をめぐる確固としたあらゆる意味が揺らぎ始め、失われる方向に向かい始める。だからこそ、ヴァレリーは「生きてみなければならない」と叫ぶのである。「海辺の墓地」の冒頭の詩節と最終の第二十四詩節とを引用しよう。

鳩の歩く、この静かな屋根が、
松の間でゆれている、墓の間で。

正義の〈正午〉が火で作り上げている
海を、いつも再開される、海を！
おお　ひとときの思索の後の報いよ
神々の静寂への長い眼差しよ！(15)

風が出て来た！　……生きてみなければならない！
広大な大気が私の書物を開き　また閉じている、
砕けた波が岩からおそれもなくほとばしり出る！
飛び立つがいい、眩惑されてしまった頁よ！
打ち砕くがいい、波よ！　三角帆が漁っていた
この静かな屋根を　歓びの水で打ち砕くがいい！(16)

冒頭の詩節は、水平方向を強調する静かな瞑想の世界をうたっている。永遠と不死に繋がる思考のひろがりをうたっている。

ところが、六行で構成される二十二の詩節という長い時間の後で、ヴァレリーの詩の世界は、垂直の方向をとり始める。あたかも、人間が、水平方向から垂直方向へと向きを変えることで、自分の足で立ち始めるかのようである。

これは、神の力の下に平伏していた人間たちが、近代文明がもたらしたさまざまな力のおかげで、神の力をかり

ずに、自分たちの力で立ち上がり始めたことと通底している。

ところで、何故ヴァレリーは、「生きてみなければならない」とうたったのであろうか。それは、ヴァレリーにとって、もの思うこと、考えることがそのままでは生きることではないからである。もの思うこと、考えることは、では、彼にとって何であろうか。それは死であるのか、仮死であるのか。もの思うこと、考えることとは、ここと今にいながら、同時に、ここと今を離れて、ここでもなく今でもないニュートラルな時空、どこかで永遠に繋がる時空に身を置くことである。しかし、こうした状況はヴァレリーだけに特有の事柄ではなく、生きている者すべてが共有する状況なのかもしれない。

私たちは、あたかも、ここと今があるかのように暮らしている。しかし、果たしてそうなのであろうか。ここと今。きわめて自明な事柄のように見えるここと今について、今一度次のことを考えておこう。

ここは、ここだけでは成り立ちえない。今も、今だけでは成り立ち得ない。したがって、ここと今とは、人が何もしないでいても、自ずから人の目の前に出現するようなものではない。むしろ、それは、人がその都度作り出さなければならないようなものなのである。ここを作り、今を作る。これがヴァレリーのいう「生きてみなければならない」ということばの出発点であり、その目標点でもある。

人が毎日を何の気なしにやり過ごすこと、それは、あたかも、川の流れに乗って流されているだけであって、ここと今を「生きる」こととは言えないかもしれない。何故なら、毎日を流されている人にとって、そのここと今は、川を流れ下る舟の中のここであり、今である。舟に乗っている人にとって、その舟の中だけにとどまり外の世界に目を向けることのない時、その舟自体は動いているようには見えない（あたかも、地球に住んでいる人にとって、地球自体が動いているとは感じられないのと同じである）。しかし、人が舟の外の世界を見る時、その外の世界が猛烈な勢いで動いている、あるいは、その舟自体が猛烈な勢いで流されていることを理解する。

とすれば、ここと今は、二つの世界、動かない世界と動く世界とが出会いをするところに出現する時空であると言うべきかもしれない。そして、これはきわめて奇妙なことに、先ほども述べた、もの思うこと、考えることのもつ二面性に似ている、つまりここと今にいながら、同時に、ここと今を離れて、ここでもなく今でもないニュートラルな時空に身を置くことに似ている。したがって、もの思うこと、考えることは、ここと今を作り出してそれを生きるためには、欠かすことのできない一つの契機と考えざるを得なくなる。これは、裸のここと今がいきなり出現するのではなく、ことばというヴェールを通してしか垣間見ることができないのと同様である。

ここに来て、ヴァレリーのいう「生きてみなければならない」ということばが表現しようとする、ここを作り、今を作ろうとするということが何を意味するのかが明らかになる。つまり、それは、考えることを通して考えの及ばない世界に到達しようとすることであり、ことばを通してことばのない時空を出現させようとすることである。極言すれば、それは、あらゆる知の背後に存在するかもしれない非知を目ざすことでもある。そのことが、知を象徴する書物やその頁が次のようにうたわれていたことからも理解されるであろう。「広大な大気が私の書物を開き　また閉じている、／砕けた波が岩からおそれもなくほとばしり出る！／飛び立つがいい、眩惑されてしまった頁よ！」そして、その書物や頁が強く結びつく永遠の世界を象徴する静かな海は、「海辺の墓地」最終の二行で、「打ち砕くがいい、波よ！　三角帆が漁っていた／この静かな屋根を　歓びの水で打ち砕くがいい！」とうたわれている。

しかし、同時に考えなければならないことは、この「生きてみなければならない」という叫びにしても、それがただ単純にいきなり発せられてはいないことである。それは、永遠と不死を求める魂の憧れと、墓の下で朽ちていく肉体の死とがうたわれた後で初めて発することのできる叫びなのである。
ちなみに、第十六詩節では、地上での生がきわめてエロティックにうたわれている。

くすぐられた娘たちの甲高い叫び声、
眼、歯、濡れた瞼、
火と戯れる魅力ある乳房、
応じる唇で燃え上がる血、
最後の贈り物、それを守る指、
すべてが地下に行き　運命の間隙に戻って行く!(17)

生の悦びの絶頂をなす娘たちの輝きをうたった直後に、こうしたすべてが地下に行き、宇宙の大きな仕組みの中にのみこまれてしまう有様がうたわれている。生きとし生けるものはすべて、死の力に負けてしまう。たとえ、人間中心主義を唱えても、死を前にする時、「運命の間隙」が象徴する宇宙の大きな仕組みの中に人間はのみこまれてしまう。
それでも、あるいは、だからこそ、ヴァレリーは、「生きてみなければならない」とうたう。「生きなければならない（Il faut vivre）」のではなく、まさに、「生きてみなければならない（Il faut *tenter de* vivre）」のである。それは、生きることが何であるのかが明確には分からないことを暗示している。まさに、非知なるものとしての生への試みなのである。それは、自分の試みがついに失敗に終わるかもしれないことを知っている人間のぎりぎりの叫びと言わなければならない。

V

ヴァレリーが「海辺の墓地」を書いたのとほぼ同じ時期に、ジューヴは生と死の間をアンビヴァレントに揺れ動く詩を書いている。

最大の問題は死ぬということ　しかも私たちはそれについて一字一句も知らない
通りすぎてしまった者たちがまた通ることはもうない
でも言っておくが　私に不安はない
彼らのことはもう信じていない
分かりもせずに私は彼らを無きものにする　彼らは死んだのだ
おお　沈黙よ
共謀よ
それは多分問題なんかではない　死は多分私たちには何でもない
それとも　反対に
すべては　このたった一つの死のために　この大きなポーチのために　この穏やかな港のためにあるのか
そこに船が入って行く港のために

違うんだ　幸せがあるなんて思えないし　死があるなんて思えないから
心の底では　自分が絶対に不死であると思っていると　あなた方に告白する
どうしようもない虚栄(18)

（……）

この正反対の星々
その男が火を点けると　火に照らされるその女
贈る男とねだる女　行為と神秘
噴き上げる男と孵化する女はいつも現前し　どんな時も現前する
〈派遣された男〉と〈追放された女〉は青い卵形の空間を循環する
その後で結ばれ
高低に富む一つの長い歌を作り上げる
いつも凋落があり　いつも春がある
彼らはやって来たのと同じようにまた出かける
いつも波の形の曲線　高みと低み
これで全部
そして　海の縁折り　葉群の芽吹き　山々が奏でる大地のファンファーレ

あなた方の悲しみを怖がることはない　それは私の悲しみ
それは私たちの悲しみ　それは彼の悲しみ
おお　偉大なるものよ
怖がることはない　ここに平穏がある　生がある　生はすばらしい
生はむなしい
生はすばらしい　生はすばらしい　それはむなしい(19)

先の節の末尾で、「生きなければならない（Il faut vivre）」のではなく、まさに、「生きてみなければならない（Il faut *tenter de* vivre）」とうたわざるを得ないヴァレリーのぎりぎりの叫びについて観察したが、このジューヴの詩作品においても、死があるにもかかわらず、あるいは、死があるからこそ、生きてみなければならない人間の条件のようなものがうたわれている。

生は生を根拠づけるものをもたない。だからこそむなしい。だからこそすばらしい。この二つの間の揺らぎこそが、生と死との間にある何とも限定できない関係の揺らぎなのかもしれない。

そして、それは、未知なるものとしての死への憧れと、« Il faut vivre » ではなくまさに « Il faut *tenter de* vivre » という具合にしかうたえない生、人間の知能を超えたものとしての生、非知なるものとしての生への執着との間の揺らぎにも似ている。

十九世紀半ばには既知なるものとみなされていた生が、二十世紀の前半には非知なるものとみなされるに至ったのは、今まで述べてきたように、近代文明の成果の一つとして、人間そのものが神にも匹敵するような力を得た

（という錯覚の）ために、それまで生を根拠づけてくれていた永遠、神に対する信仰、信頼が揺らいでしまったからであろう。そのために、生そのものも揺らぎ始めて、非知なる様相を呈することになった。

ただ、ジューヴ自身は、引用した詩作品を書いた数年後に、詩作品の言語がうたとして正当化されることと、詩作行為に宗教的観点を見出すことの二つを、詩作品の目標として挙げることで、この揺らぎを克服しようとする。[20]

彼は、そのボードレール論の中で言っている。「本当の詩人のメッセージが、言葉を経由した肉や血である以上、そのための必要な作業に移行するためには、現実の肉や血は、最早存在していてはいけないのだ[21]」。これは、次のことを意味するのであろう。

詩作品が真実の生命を持つためには、詩人の現実的な生身の個我は言わば詩作品の個我として蘇るために消滅しなければならない。詩作品が「自立した現実[22]」を獲得するためには、詩人は自らの生命をそれに捧げなければならない。これは逆に言えば、詩作品が詩人にこの供犠を求めているからである。これに関して、ジューヴは、ボードレールについて述べながら次のように表現している。「おそらくここにこそボードレールの失敗について語ることができるのだろう、それは、創造作用が内部の失敗を埋め合わせにやってきたのではなく――むしろ人間としての失敗は創造作用の激しさに応じて生じたのだ[23]」。したがって、先ほど述べた詩作品の二つの目標は次のように敷衍されるであろう。

詩作品の言語がうたとして正当化されるとは、詩作品が何らかの手段であるのを止め、それ自身が目的となること、すなわち、詩人の言う「自立した現実」を獲得することを意味する。一方、詩作行為に宗教的観点を見出すとは、詩作品の言語がうたとして正当化されるために、詩人が自らの「現実の肉や血」を空無にしようとすることを意味する。換言すれば、詩人が掲げた二つの目標とは、詩作品の誕生という一つの出来事をめぐって、一方は、詩作品の側からの動きであり、他方は、詩人の側からの動きである。そして、この二つの動きは、詩作品の誕生という事件の内に出会うのである。

VI

ヴァレリーが、「海辺の墓地」で「生きてみなければならない（Il faut tenter de vivre）」と、非人称構文で倫理的なうたい方をしたのは、直前の第一次世界大戦の大量の死という事件がその背景にあったと考えることができる。それは、一九二〇年のことであった。その約十五年後、すでに、第二次世界大戦の危機を予感させるかのように、ヒットラーのドイツが、フランスを始めとするヨーロッパの国々にとって大きな脅威になりつつあった。そんな時、シャールは、非人称構文ではなく、二人称で次のようにうたうことになる。

お前は書こうと焦っている
まるで生に遅れているかのように
もしそうなら　お前の源泉に群がるがいい
急ぐがいい
急いで伝えるがいい
お前にできる奇跡　謀反　慈愛の力を
なるほどお前は生に遅れている

ことばにならない生に
お前が一つに結びつくことに同意する結局はたった一つの生に
生き物によって物によっていつの日もお前に与えられることのなかった生
それでもお前が容赦なき戦いの果てに
そこここで肉のそげたその断片をやっとのことで手に入れる生に
その生を除いては　何もかもが言いなりの断末魔　不様な最期
もしお前が辛い苦しみの時に死と会ったら
汗をかく項《うなじ》が乾いたハンカチを気持ちよく思うように死を迎え入れるがいい
頭を下げて
もし笑いたければ
お前の服従を差し出すがいい
お前の武器なんかでなく
お前は普段とはちがう時期のために生み出された
変身するがいい　心置き無く消えるがいい
甘美な厳格さの意のままに
区域から区域へと世界の清算が続いて行く
途切れることもなく
とまどうこともなく

埃を振りまくがいい
お前たちの団結を誰も見抜けないだろう。(24)

ヴァレリーが非人称構文でうたっていた「海辺の墓地」の世界では、生きた人間としては私しかいなかった。ことばを発する一人称しか存在していなかった。それが、ここ、シャールの世界には、二人称の「お前」がいる。この違いは何を意味するのであろうか。

ヴァレリーにおいては、人間中心主義的な考え方が、しかもそこには自分しかいないとすれば、自己中心的な考え方が可能であったとすれば、シャールの詩においては、それが最早できなくなっていることを意味する。では、この人間中心、自己中心が不可能な世界とは何であろうか。

それは、まさに、死が切迫している世界である。ヴァレリーの「海辺の墓地」は、死の切迫が一時、遠ざかり始めた間隙の時空にうたわれたとすれば（しかし、第二次世界大戦時に書かれた『私のファウスト』の「ただ生きること」の境地を考えると、この人間中心、自己中心の世界は、時代の流れを超越したヴァレリー独自の主調低音なのかもしれない(25)）、シャールの詩においては、新たな大量の死が間近に迫っていることを読者に感得させてくれる。

実際レジスタンスの運動に参加することになるシャールは、その何年も前にこうした世界の到来を予感していたのである。

ところで、引用した詩句の冒頭の二行「お前は書こうと焦っている／まるで生に遅れているかのように」について少し考えてみよう。ここでは、書くことと生とがパラレルに置かれている。マラルメは、「私はあらゆる書物を読んでしまった」とうたうことを通して、未知なるものがなくなって、唯一残された死の内に未知なるものを夢見た。ヴァレリーは「書物」やその「頁」が風や波に吹き飛ばされ、引きちぎられる有様をうたっていた。

その時、マラルメやヴァレリーにとって、すでに書かれたものとしての書物が問題であった。ところが、シャールにとって重要なのは、書かれてしまったものとしての書物ではなく、書くという行為なのである。ヴァレリーが生きようと試みたとすれば、シャールは書こうと焦っている。これは、次のことを意味するのであろう。

つまり、それは生を取り戻そうとする行為なのである。しかし、その生は「ことばにならない（inexprimable）」と形容されている。表現されることのない生。人は生を表現しようとするが、生は決して表現されてしまうことがない。これは、あたかも、亀を追うアキレウスが、ついに、亀に追いつくことができず、亀に遅れ続けることしかできないという話を想起させてくれる。

ヴァレリーは「海辺の墓地」で、このゼノンのパラドックスを否定した。しかし、シャールはこのパラドックスを肯定する、あるいは少なくとも、受け入れようとする。

たとえ詩人でも、裸形の生をことばで捉えることはできない。それでも、ことばの網で何とかそれを捉えようと詩人は焦る。ただここで注意しておくべきなのは、ヴァレリーがただ「生きる」とだけうたって、いかに生きるのか、何を生きるのかについては全くうたわなかったように、シャールも、何を書くのか、いかに書くのかについて全くうたっていないということである。

しかし、実際読者が「お前は書こうと焦っている／まるで生に遅れているかのように」という詩句を前にする時、それほど奇異な感じに囚われない。それどころか、シャールのことばがよく分かるのである。これは、まさに、書かずにおれない詩人の真実の姿、あるいは現実の姿を表現しようとしていることが理解されるからである。特に詩人にとって、書くことが生を完結するという側面も否定しがたく存在するのである。これは、生が生だけで完結せずに、死がそれを完結する（？）ことを想起する時、書くことは、生に幕を引く死のようなものなのであろうか。

事実、先の引用詩において、シャールは「もしお前が辛い苦しみの時に死と会ったら／汗をかく項《うなじ》が乾いたハンカチを気持ちよく思うように死を迎え入れるがいい／頭を下げて」とうたっている。先を逃げ続ける生を追いかける「書く」という労苦が、生と出会うのではなく、死と出会う。それは、あたかも、「汗をかいた項《うなじ》が乾いたハンカチを気持ちよく思う」ようなものだとシャールはうたう。生に対する遅れを取り戻して生を完結しようとする「書く」こと、その「書く」ことが流す汗を、死という乾いたハンカチが拭ってくれる。と言うことは、シャールにとって、ことばはことばとして自立しないことを意味する。そして、生に対することばの遅れがまさに、生が非知であることを物語っている。またそれは、生に対する遅れをことばにもたらすのが、死であることを暗示しているのかもしれない。あるいは、生と死との隙間に棲息するのが、ことばの本来の姿なのかもしれない。

引用詩の最終行は、しかし、「お前たちの団結を誰も見抜けないだろう」となっていて、生と「お前」とが結びつくであろうことをうたっている。「お前」は、「書く」ことによっては決して結びつくことのできない生に、死を受け入れることによって、結びつく。あるいは次のように言ってもいい。つまり、死の力をかりて、「書く」ことと生とがついに一つのものになる。

こうして、ヴァレリーあたりから観察され始めた、未知なる死から非知なる生への転換は、このシャールに来て、さらにその動きを鮮明にするかのようである。そして、「書く」ことが生きることに追いつこうとしたシャールを一つの契機にして、今まで未知なる死に後押しされて現実の生を捉えようと焦っていた詩人たちが、今度は逆に、ことばの源泉そのものとしての非知なる生に駆り立てられるようになる。そのために、本来ことばになりえないものをことばを使って表現しようとする。[26]

なるほど、ランボーもことばになりえないものをその詩作品を通して表現しようとした。[27] しかし彼は、そうしたことばがことばだけで成り立つ世界に対して、ある種の不信を感じ取る。あるいは、ある種の空しさ、無意味さを味わう。そのために、ランボーは「土」という「ざらざらした現実」の世界に戻った。これに対して、ボヌフォワやジャコテはことばを使って、ことばそのものの彼方にもう一つの現実を出現させようとする。そして、ことばそのものの彼方が、ある意味で、ことばそのものの死であるとすれば、ボヌフォワやジャコテはその死を通して（もう一つの現実という）生をうたうことになるのである。

Ⅶ

ボヌフォワの詩に「もう一つの死の岸辺」がある。これは、フェニックスというエジプト神話で不死永生に宿命づけられた霊鳥が、それでも、死のうとする情景をうたったものである。その第一節を引用しよう。

もう一つの死の岸辺

Ⅰ

〈不死鳥〉であることを止めた鳥が
死ぬために木の中にひとりでいる。

彼は傷の夜に包まれ、
心臓に突きささる剣を感じない。

油がランプの中で古くなり黒くなったように、
私たちのものであった多くの道が、失われたように、
彼は木の物質へゆっくり帰って行く。

彼はある日たしかになるだろう、
ある日たしかに死んだ動物に、
血がむさぼり食らう　首をはねられた不在に　なれるだろう。

彼は草の中にあらゆる真理の奥底を
見出し、草の中に落ちるだろう、
血の味がその岸辺を波と打つだろう。(28)

普通、人は、死にたくないと思う。誰もが永遠に生き続けたいと願う。V節で観察したジューヴも「心の底では自分が絶対に不死であると思っていると　あなた方に告白する／どうしようもない虚栄」とうたっていた。
それでは、何故ボヌフォワは、「生きてみなければならない」とうたったヴァレリーとは逆に死ぬことを望む

「〈不死鳥〉」をうたうのであろうか。その理由として考えられることの一つは、詩人にとって、死こそが生にその目的、終わり（fin）を与える、そのことによって、生に枠組（finitude）を与えるものだからである。だが、生に枠組＝意味をもたらすといっても、死そのものが、現代人である我々にはそれまでの死とは違った姿で立ちあらわれる。

ボードレールにとっては、死は、生の姿を映す鏡であった。あるいは、生の延長線上にあるかもしれないものであった。しかも、死には、ここと今の生とは違うまだ知られていない、しかし、いずれは知ることのできる側面があるという思いがあった。したがって逆に言えば、死に映し出される生には、秘められてはいても、知るに値する側面があるという思いがあった。だが、おそらく、第一次世界大戦の生命の大量虐殺を目にして、ヨーロッパの人々は、生の不条理を思い知らされた。何の意味もなく殺された無数の人々。こうして、死後の生や魂の存続を約束してくれるかに見えていた超越者に対する信仰、つまり生と死とが結びついているという信仰も、堆積された死の風景を目の前にする時、揺らいでしまうのである。

また、特に二十世紀になって人間は、少なくとも表面的には、それまでにないほどの力を持ち始めた。動力革命とも呼ぶべき変革が実現した。言わば自然状態に置かれていたそれまでの人間には超えることのできなかった限度が、この動力革命を境にして、いとも易々と超えられてしまった。自動車や飛行機が人間のスピードの限度を超えているとすれば、さまざまに発明された機械は人間の力の限度を超えているのである。

このことによって、人間は、人間であることを止め、人間を超えたもの、一種の神のような力をそなえた生きものになったと錯覚した。それが、人間には何でもできる（savoir）という倨傲をもたらした。そして、それが、人間はすべてを知る（savoir）ことができるという思い、人間が超越者を追い抜くことができるという思いに繋がって行く。

しかし、そうした人間の思いをそれでも一挙に打ち砕くのが、死の襲来である。死は、その時、すべてが可能であるという人間の倨傲を打ち砕く不条理な、不可解な事件以外の何ものでもない。あるいは、ブランショ風に言えば、死は、人間のあらゆる事件の外にはずれてしまう非事件になる。そして、その限りにおいて、まさに死は、非事件としての非知なるものになるのである。それは、あらゆる知の外にはずれた、したがって、知の網目では決して捉えることのできない不可視の、不可知のものとしての非知である。厳密に言えば、それでも、非知は不可知のものでさえもない。何故なら、不可知という考え方は、まだ、どこかで可能という動きと繋がっているからである。ところが、非知は、そうした可能―不可能というレベルでは捉えることができないものなのである。

ボードレールにとって、生と死とが互いの姿を映し合っていたとすれば、今やその生と死とが共に非知なるものになってしまった。これは、互いに対面する二つの鏡のように、互いにうつろな平面が無限に展開されることを意味すると同時に、その鏡を見つめる眼差しも鏡の外に弾き飛ばされてしまう情景を思わせる。したがって、生の延長線上に死を思い描いたボードレールの時とは違って、現代人にとって生と死との一体感がなくなってしまった。生は死と繋がらないし、死は生と繋がらないと言ってもいいかもしれない。

ところで、引用詩句の冒頭でうたわれていた「鳥」は、ことばを象徴しているとも考えられる。すると、「〈不死鳥〉」とは、ことばがいつまでもことばであり続ける様態をうたっていることになる。その時、ことばが死なないとはどういう意味になるのかを次に問うてみよう。それは、ことばが何かを意味し続けることを表明すると同時に、ことばがことばそのものとして自立し、現前し続けることをも表明する。

ボヌフォワがこの「もう一つの死の岸辺」でうたいたかったことは、ことばが、いつか、ことばとしては死滅するということである。そして、その死滅したことばが、あるいはことばの消滅が、ことばに直接繋がらない、あるいはむしろ、ことばを超えた、非知なる生の時空を出現させてくれる。これは、詩作品のことばがことばだけで自立してしまうことに対するボヌフォワの危惧を同時に物語ってもいる。ことばはことばだけで事足りてはならず、あらゆる個別のことばを超えた時空に現前するかもしれない、もう一つの現実という非知なる生を作り出すことの内に死滅しなければならない。

冒頭の二行目（「死ぬために木の中にひとりでいる」）の「いる（demeure）」は、それを dé-meurt と書き換える時、死ぬ（meurt）ことから切り離された状態（dé-）がうたわれ、しかも、そのことは、生と繋がらない死を思い起こさせてくれる。

また、「死ぬために（pour mourir）」は一つの願いとして思考することはできるとしても、そして、鳥も人もことばも直説法現在形の「私はいま死んでいくところだ（Je meurs maintenant）」とことばでは表現することはできるとしても、それを実現することはできない。何故なら、私（の生）と死とが直接的に繋がらなくなってしまっているからである。

また、「木」について言えば、それは、現実の風景の中にある具体的な一本の木でもあろうが、それが « l'arbre » という具合に定冠詞に先立たれていることを考えると、それを、楽園でアダムとイヴに死をもたらすきっかけになった「知恵の木」と解することもできるであろう。それは、知（science = savoir）の木であり、また同時に、その内に死を秘めた生の木であるのかもしれない。

ボヌフォワの「もう一つの死の岸辺」の第三節は次の四行で終わっている。

私たちは常なるところからやって来ていた。性急な光が
私たちのために　遠くに　冷気の荘厳さを届けていた
——長い間目にされ　私たちの知らない言葉で語られていた
海岸が　少しずつ大きくなってきた。(29)

生と繋がらない死、死と繋がらない生、その繋がりのなさが半過去（venions, portaient, grandissait）という動詞の形態によってよく表されている。何故なら、半過去は、複合過去に比べる時、現在とは直接の繋がりの切れた過去を表現するからである。

これは、ボヌフォワの「もう一つの死の岸辺」でうたわれる「岸辺や海岸（rive, rivage côte）」が、流れるものと、流れずにとどまるものの接合地点、言ってみれば、時間と空間との接合地点であるべきものが、しかし、この二つのものを一回限りに結びつけてしまわずに、この二つのものを互いに出会わせていると同時に、切り離してもいることとも通底している。つまりここでの半過去は、自らの死を通して（もう一つの現実という）生をうたおうとすることばの有り様、ある意味で「生が死の視点から眺められている(30)」有り様を暗示している。その時、この半過去を通して、現在と過去とが間接的に出会うように、死と生とが間接的に出会うのである。

そして、「私たちは常なるところからやって来ていた」について言えば、「私たち」とは何であろうか。それは、現在の「私」と過去の「私」とが、つまり、直接の繋がりの切れた現在と過去の「私」が、それでも、ここと今においで間接的に繋がっているからこそ、「私たち」ということばが発せられることを意味している。その時、この「私たち」は、ここと今に一回限りに到達してしまうことはなく、過去からの接近の動きを止めることがない。

だが、焦っても、現在と過去の間のずれや隔たりは埋まらない。二つのものを一つに結びつけようとするこうした焦りがボヌフォワの「性急な光」という語句の使い方の内に観察される。その時、「冷気の荘厳さ」とは、それでも存在し続けるずれや隔たりを見つめる眼差しの厳格さでもあろうか。

そして最後に「私たちの知らない言葉で語られていた／海岸」について言えば、ここにまさに、決してことばにならないが、しかし、あらゆることばの源泉であり、目的でもある非知なるものとして生の有り様が生き生きと表現されている。ボヌフォワの詩作品で用いられることばは、先ほども述べたように、ことばがことばだけで存続することはない。ことばはやがてことばを超えた、ことばにならないものを出現させるために、ことばとしては死滅することで、「海岸」に接近しようとする。

ボヌフォワには、こうして「岸辺や海岸（rive, rivage, côte）」という、生と死を象徴するような二つの切り離されたものがそれでもそこで接近し出会おうとする、境界に対するこだわりがある。このこだわりは、ここと今という現在の空間と時間との間の隔たりと出会いに対するこだわりだけではなく、その現在の時空における過去と未来との、上と下との、前と後との、右と左との間の隔たりと出会いに対するこだわりでもある。しかし、次に考察するジャコテにおいては、この隔たりが、隔たりとしてとどまらずに、ある種の一体化の動きとなって燃え上がるような、出会いがうたわれることになる。

Ⅷ

まず、ジャコテの詩を引用する。

そして　いま　天空の滝のまっただなかの私、
大気の髪の中　上から下へねころんで
ここ、この上なく輝く葉と対等、
鵟《のすり》と変わらないほど高く浮遊し、
目をこらし、
耳をすまし
（そして　蝶々は　同じだけの失われた炎、
山々は　同じだけの煙）――
一瞬、私のまわりの　空の全円を
抱きしめると、死も含めてそのことが信じられる。

もう光のほかほとんど何も見えない、
遠くの鳥たちの鳴き声は光の結び目、
日の光の全山に火がつく、

それはもう私の上に被さらない、

それは私を燃え上がらせる。(31)

かつてボードレールは自然を嫌っていた。その自然と「私」とがジャコテの詩においては一体化する。人がものを知る（connaître）のは、そこに、人とものとの共生なり共有（con-naître, co[n]-être）の動きがあるからである。ジャコテの詩がうたうのは、しかし、共生でもなければ、共有でもない。それは、「私」と自然とが火となって燃え上がり、煙のように大気の中に融けてしまう動きである。

そこでは、水（cascade）も火（flamme）も大気（air）も土（montagne）も光となって燃え、煙となって消える。縦（de haut en bas）も横（couché）も、視覚（regardant）も聴覚（écoutant）も、ここ（ici）も今（maintenant）も、すべてが燃え上がり、私にも火がつく。

ジャコテは、「無知（ignorance）」という考えを大切にしている。知るという作業には、普通、隔たりを介在させて、対象物をつかみ取るというニュアンスがある。このつかみ取りという側面にジャコテは反発を覚えてしまう。対象物を隔たりを介してつかみ取るのではなく、むしろ、私と対象物とが対等に向かい合い、やがては一つに融合する時空を切実に求めている。

「私」と「山」とは、このジャコテの詩において、共に燃え上がり、ほとんど純粋な光になる。対象物に光を当てて、それを隔たりを介在させつつ観察して知ろうとするのではなく、「私」も「山」も、自己も他者も光そのものになる。

死も含めたすべてが燃え上がって光になるこのジャコテの詩においては、最早知るべきものは何一つないという時空が出現する。そのことで、あらゆるものが大いなる知の光源そのものになる、つまり非知としての生の内に結晶化するかのようである。

対象物に光を当てて、あるいは対象物を隠している覆いを取り除くことで、人は普通、対象物の真実の姿を認識するつもりでいる。そこには、自己と対象と、さらには、この二つを隔てつつ結びつける役割を果たす光（眼差し）という三つのものが存在している。しかし、私も光、対象物も光になってしまう時、そこには、いかなる個別的な知もなくなってしまい、大いなる知としての光しかなくなってしまう。そして、大いなる知としての光がきわめて非知に似たものとなる。何故なら、先ほども述べたように、知るべきものが、自分の内にも自分の外にも何一つ存在しなくなってしまうからである。

ここで言う非知とは、それでも、無知とは違う。無知は、知の手前にあるが、非知は、知の向こう側に突き抜けてしまっているからである。

この違いを、生まれたばかりの赤ん坊と悟達した大人との違いに譬えてもいいかもしれない。まだ何一つ知らない赤ん坊と、最早何一つ知る（べき）ことがない大人との違い。とすれば、非知とは、non-savoir と表現するよりも、むしろ、hors-savoir あるいは asavoir と呼んだ方がいい。

ジャコテに至って、知が存在しなくなったのは、死が理解されてしまった（引用詩で「死も含めて」と訳した箇所は « la mont comprise » となっていて、これだけを切り離せば「理解された死」と訳せないこともない）からであろうか。けだし、死こそが知の源泉であった。ボードレールが未知なるものとしての死に憧れたのは、その死の内に、まだ見ぬ知に対する欲求があったからである。ここと今にないものとしての死。しかし、ボードレールから百年たって、現代の詩人たち（少なくともジャコテ）は何かを決定的に失ってしまった。それは、好奇心である。未知なるものが存在すると考えて、その未知なるものを追求しようとする好奇心である。

では、何故、現代の詩人たちにとって未知なるものが存在しなくなってしまったのであろうか。そこには、繰り返し述べて来たように、人間自身が力をつけたために、人間を超えたものに対する恐れがなくなってしまったという状況がある。人間しかない、人間だけで十分であるという地点から、ヴァレリーの「生きてみなければならない」という、人間の可能性だけをきわめようとする人間中心主義が生まれた。そのために、ボードレールの内にあった人間は悲惨なものであるという意識や、ランボーの内にあった永遠なるものに対する憧憬や、マラルメの内にあったことばの力に対する絶望的な信仰といったものが、ものの見事に失われてしまった。

現代の詩人たちはこうして、人間を超えるものとしての神という拠り所をなくしてしまったのかもしれない。ヴァレリーの内に辛うじて存続していた人間の可能性に対する信頼も、第二次世界大戦の惨状に遭遇することで完璧に失われてしまった。第一次世界大戦に際しては神に対する信仰を、第二次世界大戦に際しては人間に対する信頼を失った人間。こうして、ありとあらゆる拠り所を喪失した人間には、そして詩人には、何が残されているのであろうか。

それは、詩人が、ことばの場で、ことばを通して、自分のまわりのものと自分とを一体化させること、少なくとも、その出会いを目指そうとすることである。事実、ボヌフォワにしても、ジャコテにしても、日本の俳句に親しんでいる。それは、俳句の世界が、ことばの場で、ことばを通して、自己と他者とを出会わせているからではないだろうか。自然をうたうことが同時に自分をうたうことであり、逆に、自分をうたうことが自然をうたうことでもある世界。自然のひろがりと季節のうつろいに自分を溶けこませること。そのひろがりとうつろいという、ここと今に永劫を感得すること。そして、その永劫が光ることばとなって、虚空に浮かび出ること。

その時、ことばの源泉そのものとしての光ることばが、あらゆる根源を失ってしまった人間の闇を、それでも一瞬、明かるく照らし出す。そして、光ることばを通して、私たちは非知の輝きとしての生を垣間見る。それは、未知の闇としての死を一瞬切り裂く稲妻のきらめきでもあるのだ。

注

（1）Charles Baudelaire, *Fusées* dans *Œuvres complètes I*, Gallimard, Bibliothèque de la Pléiade, 1975, p. 658.
（2）Charles Baudelaire, *Les Fleurs du mal* dans *Œuvres complètes I*, *op. cit.*, pp. 126–127.
（3）*Ibid.*, p. 134.
（4）Stéphane Mallarmé, *Poésies* dans *Œuvres complètes*, Gallimard, Bibliothèque de la Pléiade, 1974, p. 38.
（5）Arthur Rimbaud, *Poésies* dans *Œuvres complètes*, Gallimard, Bibliothèque de la Pléiade, 1976, p. 69.
（6）*Ibid.*, p. 67.（強調、引用者）
（7）Paul Verlaine, *Jadis et Naguère* dans *Œuvres poétiques complètes*, Gallimard, Bibliothèque de la Pléiade, 1977, p. 327.（本書第Ⅲ部第八章二一二頁参照）
（8）Arthur Rimbaud, *Une saison en enfer* dans *Œuvres complètes*, *op. cit.*, p. 110.
（9）次の作品を参照。Marlène Zarader, *L'être et le neutre / à partir de Maurice Blanchot*, Verdier, 2001. 拙著『ブランショという文学』ユニテ、二〇〇九年所収の「ニュートラルのエクリチュール――『果てしない対話』――」一三一―一六二頁。
（10）Arthur Rimbaud, *Une saison en enfer* dans *Œuvres complètes*, *op. cit.*, p. 112.
（11）*Ibid.*, p. 93.
（12）*Ibid.*, pp. 115–116.
（13）*Ibid.*, p. 117.
（14）Paul Valéry, *Charmes* dans *Œuvres complètes I*, Gallimard, Bibliothèque de la Pléiade, 1957, p. 147.

（15）*Ibid.*, p. 147.

（16）*Ibid.*, p. 151.

（17）*Ibid.*, p. 150.

（18）Pierre Jean Jouve, *Noces* dans *Œuvre I*, Mercure de France, 1987, pp. 88–89.

（19）*Ibid.*, pp. 90–91.

（20）Pierre Jean Jouve, *En Miroir* dans *Œuvre II*, Mercure de France, 1987, pp. 1068–69.
なお、本文における以下の十数行の内容については、拙著『ことばの現前――フランス現代詩を読む――』晃洋書房、一九九六年所収の「『名付ケラレヌモノ』における動詞の形態」一六三―一八五頁を参照。

（21）Pierre Jean Jouve, *Tombeau de Baudelaire*, Seuil, 1958, p. 12.

（22）Pierre Jean Jouve, *En Miroir* dans *Œuvre II*, *op. cit.*, p. 1161.

（23）Pierre Jean Jouve, *Tombeau de Baudelaire*, *op. cit.*, p. 61.

（24）René Char, *Le Marteau sans maître* dans *Œuvres complètes*, Gallimard, Bibliothèque de la Pléiade, 1983, pp. 80–81.

（25）Paul Valéry, « Mon Faust » dans *Œuvres complètes II*, Gallimard, Bibliothèque de la Pléiade, 1960, pp. 321–323.

（26）次の文章を参照。
「芭蕉の方法は、作者の独創的なイメージの発見や作者の経験的なリアリティを表現しようとしたところに成り立つものではなく、言語表現によって作者をも含めた人々の体験を詩的イメージに昇華し再構成しうるような言語表現の仕組みを五・七・五の音数律の枠内でつくり出すためのものであった。」（伊藤博之『西行・芭蕉の詩学』大修館書店、二〇〇〇年、一七一頁）

（27）Arthur Rimbaud, *Une saison en enfer* dans *Œuvres complètes*, *op. cit.*, p. 106.

（28）Yves Bonnefoy, *Hier régnant désert* dans *Poèmes*, Mercure de France, 1986, p. 101.

（29）*Ibid.*, p. 103.

（30）次の文章を参照。
「それは現実が夢幻の、生が死の視点から眺められているのである。世阿弥は、死の眼というべき奇妙な眼をもった人生観察者であったように思われる。彼は、人間の生を、死という空間のなかでみた。」（梅原猛『地獄の思想』中公新書、一九六七年、一五六頁）

（31）Philippe Jaccottet, *Leçon* dans *Poésie 1946–1967*, Poésie/Gallimard, 1985, p. 180.

第II部

第二章　ピエール・ジャン・ジューヴの『失楽園』について

I

ピエール・ジャン・ジューヴは、一九二九年に『旧約聖書』の『創世記』に題材をとった『失楽園』[1]を発表する。すでに、一六六七年に、ジョン・ミルトンによる叙事詩とも言うべき『失楽園』がある。ジューヴは、量的にはミルトンの作品の十分の一にも満たないその『失楽園』で何を表現しようとしたのであろうか。これが、我々が本章で解明を試みようとする課題である。

ジューヴの『失楽園』は、全体が「プロローグ」、「第一巻」、「第二巻」という三つの部分によって構成されている。それぞれの部分において、サタンがエロヒームに反逆するに至る動き、楽園でのアダムとイヴが、禁断の木の実を食べるという罪を犯す動き、そして、エロヒームにその罪を罰せられて、二人が楽園を追放される動きがうたわれている。こうした構築を提示する『失楽園』でジューヴは何を表現しようとしたのか。

まず、ジューヴ自身が何を意図していたのかを、彼がこの作品の序文として一九三七年に発表した「過ち」[2]と題された文章を通して、考察してみよう。

ジューヴは初めに、自分の中に愛することと死ぬことという二つの欲求があるとして、次のように言う。

私は愛さずにはいられない、死なずにはいられない。(……)だが、私が感得する力の中で最も美しく、最も現実的なものであるこれらの聖なる力、したがって、私を神に近づけてくれるにちがいないこれらの力を、私はまさに一人の罪人として、これらの力を所有した罪人として知るのだ。そして、これらの力に負けること、それはまず、神から遠ざかることなのである。(3)

次にジューヴは、人間は何故、愛さずにはいられない心の動きと死なずにはいられない心の動きとに引き裂かれてしまっているのか、と問う。

だが、こうした心の分裂は神のそれではないのか。私が永劫に神の内で咎められ、神から発する生にも責めを負うというこんなにも惨い条件は、私が通常のものと見做す理性によっては説明されないのである。(4)

そしてジューヴは、殉教で死に行く聖人たちが上げる恐怖の叫び声を神はよろこんで耳にした、何故なら、この恐怖の叫び声の切っ先で肉体という質料が分離されたために、そこには最早自由と純粋な至福そのものである静寂だけがあるからである、と言う。一方で、神は、とジューヴは続ける。

神は非―真実であり、非―現実である、神は現実のものに先行し、運命に無関心で、我々の実在の世界には実

在しないものである。(5)

したがって、ジューヴは、彼自身の愛やその愛のドラマを通して神の形象をつくり上げたが、それは間違いであったとして、次のように言う。

私が感じるもの、私が知るもの、私が愛するもの、私を苦しめるもの、そのどれ一つとして神の内には決して収まらない、というのが神についての私の唯一の考えであるべきであろう。我々の実在が神の実在を妨げているのだ——だからこそ余計、人間の真実の実在すべてが、抗いようもなく神に向かうのである。(6)

だが、人間が神に向かうとしても、神は人間の期待に答えてはくれない。この答えのなさに人間は不安を感じる。そして、この不安が人間を罪に直面させるのである。ところで、この罪とは何であるのか、とジューヴは問う。

罪とは何か。罪はいかにしてあるのか。どんなものが罪であり、どんなものが過ちなのか。最早私が不安を見るのではなく、むしろ、不安が私を見ることもあるのだ。(7)

そして、結局は、教会が並べ立てるさまざまな罪とか、「無原罪の宿り」の教義とかに納得の行かないジューヴは、唯一の罪は「聖霊に対する罪」であるとして、次のように言う。

すなわち、それは実体の罪なのだ。すなわち、その罪もまた本源のものなのだ。私の罪は、私の誕生と、私の誕生の実体と、したがって、人間全体の誕生と並び立つのだ。私の罪は本源のものである。誕生することで、誕生させることで、私はそれを永続的に形成するのである。(8)

だからこそジューヴは、『創世記』の第一章から第三章までに物語られる「楽園喪失」の物語を自分の罪や自分の苦しみの物語として提示することができたのである。その物語が意味するものは、とジューヴは続ける。

おそらく、神の眼にとってさえも、人間が人間であるためには、不服従の道が徹底して辿られなければならないということである。神の悲惨な失敗に苦しむ人間を、遂には、神の犠牲が贖わなければならないようにである。(9)

ジューヴは、「世界がつくられたとは思わないし、人間がつくられたとも思わない(10)」が、それでも人間は（楽園での）非知の状態から離れて（地上での）知の状態で再び神に向かわなければならない、したがって、「楽園喪失」という破局が生じなければならないと考える。そして、生の本能が死によって傷つけられるそうした破局について、次のように述べるのである。

破局はどんよりした夜の中に打ち込まれるが、それでもそこにおいて破局は生き続け、生み出す。私はサタンの内に、言ってみれば、反─神を、大地を包囲する真実の権力者としての反─神を、策士を、悪人を、反逆の

倨傲を、好奇心を、反復の力能——「やり直せ、そして、もう死んでしまえ」という反復の力能を、認める。(11)

こうして、罪の考察の果てに破局＝死が残される。神の謎が徹底して隠されている死、そのために、神の謎が一層光輝あるものになる死をめぐって、ジューヴは次のように結論する。

二重の〈死〉よ！　神がどちらを向くのかによって、お前は大地の絶対の罪であり、また、おそらくは、聖なる精神を集める容器でもあるのだ。(12)

以上、ジューヴが『失楽園』に付した序文「過ち」を観察してきたが、この序文を通して彼が言いたかったことの一つは、生を肯定しようとする愛の動きが、そのまま、神に反逆する動きでもあるということである。しかも人間はその反逆の罪を通してしか神に向かえないのである。

ところで、神の掟に従うことによっていつまでも楽園にいつづけることができたかもしれないのに、何故人間はそうすることができなかったのであろうか。ジューヴは、このことに関して、「神の内懐にいる完璧で無気力な〈幸福〉(13)」という言葉を使っていて、楽園にいつづけることと生きることとが本来的に相容れない動きであることを暗示している。人間が生きることは、ジューヴにとって、楽園の内懐にとどまることではなく、むしろ、愛することであり歓びを感じることであり、そのことで、苦しむことであり罪を犯すことであり、そして、死を願うことであり楽園を出（され）ることである。

こうした人間の反逆が最も象徴的に表現されているのが、『失楽園』のドラマ、神が禁じた「善悪を知る木の実」を人間が食べるという神への反逆の罪を犯すドラマなのだ。

ところで、人間にこうした反逆を唆すのは反―神としてのサタンであるが、ジューヴの『失楽園』で描かれるサタンについて、マーガレット・カランダーは「マニ教の香り」[14]がすると言い、そのマニ教の教義について次のように述べている。

光明は〈善〉であり、暗黒は〈悪〉である。ただ人間においてだけ、この二つの王国が接触して、永遠に混ざり合っている。と言うことは、神がサタンをつくらなかったということだ、神はむしろ源初の人間をつくった、サタンの勢力の侵攻を打破するために送られた身体全体が光明でできた源初の人間をつくったのだ。だが、源初の人間はサタンに打ち負かされてしまうが、サタンに奪われた光明の元素が新しい人間、混合され堕落した新しい人間の内に組み入れられる。さもなければ、この新しい人間は暗黒のものであったであろうし、また、神が彼の元に光明の使者たちを送って、彼の内で光明の元素と暗黒の元素を分離し、節制によってもっぱら光明だけのために生きるよう彼に教えなかったとしたら、そのまま暗黒のものであったであろう。ところで、この光明の使者たちの内で最も名高い使者がキリストであった。[15]

そして、カランダーは、ジューヴの『失楽園』におけるサタンの失墜について次のように述べている。

『失楽園』におけるサタンの失墜は、天使たちが響かせている従属と称賛の声から、彼が自分の声を引き上げて、自分の思いを自分自身の上に向けた時に始まる。[16]

II

ジューヴの『失楽園』の観察に移ろう。「プロローグ」において、サタンは神に対して悪や苦しみをも受容するよう訴える。この訴えに対する神の答えがサタンの追放となる。[17] サタンは、こうして、ジューヴが『失楽園』でうたうように、「質料の最初の存在」[18]になる。

ところで、この「質料の存在」という点において、サタンはまさに人間と共通する性格を付与されていることに注意しなければならない。そして、このようなサタンを描出するジューヴの筆は、サタンに対する慈しみで震えているかのようである。そうした箇所を二つ引用しよう。まず、「質料の最初の存在」になってしまったサタンとそれに対する神の痛みをうたった部分の引用である。

失墜した悪魔を〈神〉はある苦痛を超えてまでして追い回すことはできない。と言うのも　痛みは元来〈神〉の内に棲息しているからである。そんなことをすれば、〈神〉は自分の作品を無にすることになってしまうであろう、彼にはそんなことはできない。[19]

次は、地上に降り立ったサタンの描写である。

彼は奇妙な土地　地球の砂浜の上に

いる。空無が周囲を吹き荒れている。
サタンは足元に長く続くミルクのような海が
崩おれるのを見る、岸辺が大きくなり、
頭から髪の毛がぞっとするほど抜けてしまうように　岸辺が裸になるのを見る。
ぼんやりとして赤みがかった一つの太陽が液体になる
反対側の天の端にもう一つの太陽が
冷たい激怒と悪運の叫びを上げている　そして生まれ来る
自然は疲れ切ってしまい　呻くこともできない。
毛の生えた兆しがエーテルの中に生まれる
獣　それとも未来の悪魔なのか、
彼は　〈陽光〉の血塗られた
残りを　涙の雫で覆っている。(20)

神に反逆し、神との間に痛みという空ろさを介在させてしまったサタンは、今や、地上に一人いて涙を流す。それにしても、サタンは何故泣くのであろう。人間に限らず、人間を超えていると見做される神やサタンにも詩人ジューヴは、痛みや涙という人間らしい感情を付与している。これは、神を離れて人間が考えられないように、人間を離れて神が考えられないとする詩人の考え方を反映したものであろうか。
ところで、この何ものにも従属せず、一人でいようとするのに、いざ一人になると自分の分身としての影を失ってしまった人[21]のように、空恐ろしくなって涙を流してしまうサタンは、まるで、ランボーの詩作品が時に読者に喚起するような、幼子の理由もないすすり泣きの震えで、心震えているかのようである。

また、このサタンの涙は、ヴァレリーが一九一七年に発表した『若きパルク』の冒頭での涙（「誰がそこで泣いているのか、単なる風でないとすれば、こんな時刻に／ただ最後の幾つかのダイヤモンドとともにいて？　……だが誰が泣いているのか／泣こうとする私自身のこんなにも近くで[22]？」）を思わせてもくれる。

そして、このサタンに対する詩人の慈しみの眼差しは、人間にも注がれる。ジューヴは人間の行ないを「原罪」と呼ばずに「過ち」と呼んでいる。このことについて、カランダーは次のように言う。

ジューヴは最初の罪を呼ぶのに「原罪」という言葉を使おうとしない。（……）彼は、アダムが悪を自由意志で選んだ、と考えることができなかった。

こうした態度は、ジューヴが、アウグスティヌスの良心の美徳に対する信仰、優れた知性に対する信仰、〈堕落〉を前にした人間の内にある自由意志の至高の力に対する信仰、すなわち、堕落した人間はその真の本質において、その汚損された天賦の自由意志において、その醜悪に変形された理性において、腐敗した被造物であるという認識を課すアウグスティヌスの信仰、を拒絶していたことを示唆しているかのようである。[23]

ジューヴは、アウグスティヌスと違って、人間の弱さは堕落の前も後も本質的には変わらないと考えている。ただカランダーも述べているように[24]、性愛の行為に関してジューヴは、アダムとイヴとが性的な結合を持つのが「善悪を知る木の実」を食べた後であると考えていて、これは、食べる前にすでに性的な結合が為されていたとするミルトンの考え方とは違っている。

この点に関しては、ジューヴにとって、性愛の行為が常にすでに不服従の罪であり、したがって、その罪の罰としての死に必然的に結びつけられたものであることを想起すればよいであろう。すなわち「善悪を知る木の実」を食べるという知る行為（savoir）は、そのまま互いを所有し合う性愛の行為（s'avoir）でもあるのだ。逆に言えば、性愛の行為（s'avoir）も知の行為（savoir）も無垢なものとしては存在しないのである。ジューヴにとって、人間が生きて、愛するとは、必然的に、罪を犯すことである。先ほどの引用にもあったように、人間の実在が神の実在を妨げているのだ。したがって、レヴィナスの言うような「肉欲のない愛[25]」は、ジューヴにとってはあまり意味がないことになる。ジューヴがうたうように、罪を犯さないで生きる人間は、本来、人間ではないのかもしれない。

罪なき人は
死ぬこともない人、だから、いかなる
禁忌も知らない人、だから、同類を
持つことの決してない人、生きることもない人。[26]

ここで、ジューヴが『失楽園』の巻頭にエピグラフとして掲げたシェークスピアの『嵐』の中の有名なミランダの台詞「ああ、素晴らしい、新しい世界が……[27]」を想起する時、生きることで罪を犯さざるを得ない人間、しかもそれでも生きざるを得ない人間に対する詩人の深い共感がそこに鳴り響いていることが理解されるであろう。その時、他人の顔を前にしての無際限の責務を言うレヴィナスは、したがって、ジューヴの言う人間であることを止めて、神になることを願っているかのように見えるであろう。

ともあれ、サタンに対するこうした慈しみを通してジューヴの内に、質料＝肉体でつくられ、堕落に運命づけられた人間に対する慈しみを感得することが許されるかもしれない。カランダーは、人間に対するジューヴの慈しみに関して次のように述べている。

人間を言わば正当な獲物としてサタンに引き渡したという事実によって、アダムとイヴのために実効ある抵抗を試みようとする可能性がジューヴには殆どなくなってしまう。彼はアダムとイヴの予定された悲劇に対して哀れみを抱くことができるだけなのである。[28]

そして、カランダーも言うように[29]、人間の堕落は、「善悪を知る木の実」を食べたことよりもむしろ、その後ですぐにイヴがサタンと性的な結合を持ったことに起因するとジューヴは考えている。先ほど、「善悪を知る木の実」を食べる行為と、性愛の行為とが切り離せない一つの行為であると述べたが、この二つの行為を一つに結びつけているのが、まさに、サタン＝蛇とイヴとの性的な結合の行為なのである。このことを確認するために、次の節において、サタンとイヴとの絡み合いおよびイヴとアダムの性愛の行為について観察してみよう。

Ⅲ

まず、「善悪を知る木の実」を食べるようにサタンがイヴを誘惑する場面から引用する。

——お前たちが死ぬことは決してないだろう
確かに〈神〉は知っている　お前たちがそれを食べる日に
お前たちの眼が開き、お前たちが神々のように
善と悪とを知るようになることを。

行為《アークトウス》

彼らは口を噤む。その心のために　最早無垢ではない女が蛇に微笑みかける。不自然で哀れな女が巻き毛と戯れてぐずぐずしている。偽りの忠告が　偉大な一日の純粋な大気から彼女の心の中に降りて来てそこから、あらゆるものの上に広がって行くのが見てとれる。彼女は巻き毛と戯れている、彼女には未来がよく分かっている。

彼女が笑っているのは　それは　囚われの身の彼女には、最早他のことができないからだ。おお　今となっては　蛇の繊細な眼差しをいかに逃れたらよいのか。

その木が食べておいしく　見て快いものであることが、そして　その木が知性を開くために大切なものであることが彼女には見てとれる。彼女は果実を手に取る——

彼女は苦もなく果実をもぎ取る。

果実を、蛇から自分のところまで持って来る。

唇を前に突き出して、果実の中に歯をくいこませ、彼女は噛む、果実を――(30)

ジューヴは、イヴが「囚われの身」であるとうたっている。これは、イヴがその自由意志から発して罪を犯したのではないことを示唆していると解釈できよう。イヴは、サタン＝蛇に唆されて果実を食べたのだ。しかし、たとえ唆されたとはいえ、「善悪を知」り、神のようになろうとする限りにおいて、イヴは最早無垢ではありえず、そこには、少なくとも、倨傲の罪が明白に読み取れるのである。

それにしても、イヴが神のようになろうとしたことは、彼女が楽園での生に満足し切ってはいなかったことを読者に思い知らせてくれる。すなわち、楽園は、ジューヴが言うように「完璧で無気力な〈幸福〉」の世界なのだ。それは、「善悪を知る木の実」を食べてはいけないという禁忌の上に成り立った「〈幸福〉」な世界である。換言すれば、その「〈幸福〉」が「無気力な」のは、「善悪を知る木の実」を食べてはいけないという禁忌に由来しているからである。そして、この「無気力」や禁忌を打ち破ろうとするのが、知ろうとする、新奇なものを味わおうとする、好奇心の動きなのである。こうして知（savoir）が他者を自分のものにしようとする所有（s'avoir）の動きに重なり合う。二つともが、その無知性や無垢性を常にすでに失っているのである。

こうした好奇心に突き動かされて、イヴは「善悪を知る木の実」を食べる。そのすぐ後の章が「最初の愛」と題されていて、まさに、イヴとサタン＝蛇の性愛の行為がうたわれている。この章からその場面を引用しよう。

彼女は投げ出される、不可解な苔の上に仰向けに倒れる
何が訪れるのか前もって彼女には分かっている、

うねるような木さえも最早彼女の心を震え上がらせないだろう、
彼女は愛しているのか？　彼女には分からない
だが安心して裸でいる。
白状できない傷を受ける用意が彼女にはできている、
彼女はのけぞるように身を横たえて　恐ろしく大胆だ。
善と悪を教えてくれる木がなかったとしたら
美しい〈蛇〉よ　優しい〈主人〉よ　私はあなたのことを呼び求めていただろうか。
彼女は官能によって恐怖を学び
さらに激しく弱くなる――そして　私はあなたのことを味わっていただろうか
おお〈欲情〉のむき出しの歌よ！
彼女の腿は最早合わされることなく開かれている、
彼女の乳房の間にも弱さの谷間があって
あらゆるものがその真中に落ちて行く、
そこに〈蛇〉が身を横たえる、おお　恋に焦がれたものよ。(31)

こうして、ジューヴの『失楽園』において、最初の性愛の行為がイヴとサタン＝蛇の間でなされるのは、ジューヴにとって、性愛の行為そのものが本来的な罪によってしか、すなわち、好奇心に突き動かされて「善悪を知る木の実」を食べる（savoir）という倨傲の罪と緊密に結びついた、所有（s'avoir）の罪によってしか成就しない動きだからである。そして、まさにこの一連の罪こそが人間を人間たらしめる根源の動きであるとジューヴが考えていることは先ほども述べた通りである。

サタン＝蛇との最初の性愛の行為に身を任せたイヴは、「善悪を知る木の実」をアダムにも味わってもらおうとして、アダムの元に行く。アダムはイヴが「善悪を知る木の実」を食べるという罪を犯す間中眠っていた。これは、あたかも、イヴがアダムの無意識の部分（影の分身）でもあることを象徴するかのようである。ともあれ、まさに「原罪」のクライマックスとも言うべきこの場面を名づけるのに、ジューヴは前に観察したように「原罪」と名づけずに「過ち」と名づけている。そこからの引用をする。

彼女はアダムを起こす、
私のこと好きだったら　これを食べて
あらゆる果実の中で一番おいしいのがこれなの！
　　　　　　　　アダムは
彼女にいやだと言ったことがない。アダムは果実を食べる。

真実が
あらわれる、喪に服した光が突き刺す。
アダム：お前の胸のように食べておいしいこの果実はどこでとれた？
イヴ：あなたの月の輝きの中に私はいる。

アダム：この果実はどこでとれた？　彼女は赤くなって、答える。
イヴ：エロヒームにいただいたの。

すると　彼女が嘘をつく間に
彼女の乳房が心臓の前で堅くなる
闇の中でその尖端はむき出しで　血がしたたっている
そして激しい力が彼女の身体を豊満にする、
彼女は何て美しさだ！　アダムはそんなにも美しい彼女をかつて
見たこともなかった　そんなにも美しくそんなにも動き回る彼女を
思ったこともなかった！

彼女の髪はいかにも大河だ
その手はいかにも木だ
影が獣の毛よりも優しく彼女を覆い
身体の中の巣に似たところに　いななきを起こさせるような
説得力ある匂いを撒き散らしている！
——果実は善と悪を〈知る木〉からとれたの！

男の顔は最早残忍そのものだ
堅くなった顔は下の方に進み、動き　匂いを嗅ぐ、
彼は彼女の口という口が欲しくなる
彼女の身体の向きを変え　彼女が所有しているものの中に入って行く、
手が引っ掻き
身体が閉じて　のけぞる
だが彼女は応じる
彼女の口の中の
黒い涙と言葉の泉。
（瞳のすぐ前で彼女が大きくなるのが彼の目に入る
つらそうな眼が快楽で閉じられるのが目に入る）
彼は彼女をいためつけているのか！
彼女は叫び、彼は崩おれる
汚水溜よ、お前の悪魔の上に、それともお前の幸福の上に！
そして彼女は
よろこびの大きくなった〈蛇〉の教えを再び始める。[32]

こうして、アダムとイヴの性愛の行為がなされる。その結果が、罪の自覚――意識（良心）の目覚め[33]――と楽園

追放と死である。

Ⅳ

ここで、ジューヴの『失楽園』の世界から少し離れるかもしれないが、次のような問題を提起してみよう。何故、神は、それが無駄であるとあらかじめ分かっている（？）のに、アダムとイヴに「善悪を知る木の実」を食べるのを禁じたのであろう。この問題にいきなり答えずに少し回り道をしてみよう。

河合隼雄は、アダムとイヴの物語に関して、「この一種の禁忌の神話は死ぬことを意識していなかった人間が、それを意識した時に、そうした神話を作り上げざるを得なかったことに由来している[34]」と述べている。とすれば、「善悪を知る木の実」を食べてしまったから死ぬようになったのではなく、むしろ、死ぬことに対する意識（と、その死から何とかして逃れたいという願望と）が、この木に関する禁忌の神話を創出させたことになるであろう。

また、神話のレベルにおいて、禁忌は本来破られるために、破られることを目指して設けられることを考えれば、禁忌の目的は、むしろ、それを破るように人間を挑発すること、したがって、破ることに意味を与えることにあると言えるであろう。先ほどの問題に近づけて言うとすれば、「善悪を知る木の実」を食べてはいけないという禁忌は、死んではいけないという禁忌であり、そのことで、死ぬことを望むように人間を挑発しているように思われる。たとえ、「善悪を知る木の実」を食べても死ぬことはないと「〈蛇〉」から言われたとしても、イヴが神の掟に逆らったことには変わりはない。とすれば、人間が死ぬことを神は望んでいると結論づけることができるかもしれない。すなわち人間は、自分が死ぬことを通して神が死なないということを感得する。そのことで、死なない神の偉大さを人間が感得する（savoir）ことを、神は望んでいるのである。逆に言えば、永劫に生き続けることに人間が耐えられないということが、神にはよく分かっているのである。神のように永劫に生き続けるのに耐えられない人間は、しかし、死ぬことの恐ろしさにも耐えられない。何故なら、死ぬことを意識する（savoir）―見つめるとは、死ぬことに所有される（s'avoir）―見つめられることでもあり、人間はこの凝視の恐ろしさに耐えられないからである。そこで、この恐怖から逃避しようとして、神の元での救いという魂の不滅に基づく永生を祈願することになる。ともあれ、人間は、永劫に生き続けることも、死ぬこともできないのである。[35] この二つの不可能性に由来する、あるいは不可能性そのものである、言わば絶対的な他者としての神はこうして、「我々の実在が神の実在を妨げる」と言うジューヴにとっては、まさに「隠れたる神[36]」なのである。

ところで、宗教的な考え方から少し離れて、次のように問うてみよう。人間は死ぬことを意識してしまったが、この意識＝知はどこから来たのであろうか。それは、おそらく、ことばからであろう。[37] セルジュ・ルクレールに倣ってブランショは、ことば―意識―死の関係を、「人は自己の内（と同様他者の内）のイ、ン、ファ、ン、スを殺すことでしか、生きないし話さないのだ[38]」と言っている。すなわち、話すこと、ことばを用いることは、ことばを話さないそれまでの幼子を殺すことを意味するが、この幼子の死がことばを話す人間にとっての生なのである。ジューヴは楽園での「〈幸福〉」を「完璧で無気力な」と形容しているが、この無気力こそ、生（être としての生ではなく、vivre としての生）とは逆の動きであるとすれば、それはむしろ、死の動きであると言える。つまり、楽園でのアダムとイヴの（ことばを話さない幼子のような）生は、地上での（ことばを話す）人間の生から見る時、それはまさに死んでいるように見えるのである。

いずれにしても、ジューヴにとって、生はあらゆる欲情と全く切り離されたところに見出されるのではなく、欲情そのものがすでに生の根源的な発露なのだ。そして、この欲情が彼にとって必然的に罪であるとすれば、カランダーが言うように「生は罪である」[39]ということになる。その時神はジューヴにとって「隠れたる神」であるのは当然であろう。

何故、神は欲情を人間にとってまさに生の根源的な発露にすると同時に罪としたのであろうか。これは人間の理性では決して解明できない永遠の問題―謎であるが、「人間の実在が神の実在を妨げる」というジューヴの言葉をここでも手掛かりにする時、この問題―謎を、人間の中の精神と肉体の分裂が、神と人間（＝サタン）との分裂を引き起こしているということに関連づけて考えることができるかもしれない。極めて図式的に言えば、先ほども少し触れたように、人間の中の意識や精神という天上へ向かう天使的な側面をアダムが代表―象徴し、無意識や肉体という地下へ向かう獣的な側面をイヴが代表―象徴しているとすれば、このアダムとイヴとの分裂の動きに神＝エロヒームとサタン＝蛇との分裂の動きが共鳴しているのである。神＝エロヒームは、おそらく、自分の影としてのサタン＝蛇なしではありえず、同様に、アダムも自分の影としてのイヴなしでは生きることができないのであろう[40]。したがって、アダムとイヴのいない楽園は、ある意味では、最早楽園とは呼べないのかもしれない。少なくとも、それは、人間の寄りつかない（perdu）楽園なのだ。『失楽園』（*Le paradis perdu*）とは、こうして、アダムとイヴにとって失われた（perdu）楽園であると同時に、楽園そのものがそこに棲息すべき人間が一人もいないという意味において失敗＝敗北の楽園（le paradis perdu）となる。この時、『失楽園』は、それとほぼ同時代の一九二七年に発表されたジューヴ二番目の小説作品の題名『荒寥たる世界』（*Le monde désert*）を思わせてくれるのである。

ここで、キリスト教的な観点とことばについての考察とを絡ませて、神と人間のことについてもう少し考察してみよう。

神が何故自分の一種の分身としての天使や、さらには人間をつくってそのために苦しむようになったのか、人間には理解できないのと同様に、人間は何故肉体と精神でできているのかも理解できない。この肉体と精神の分離は、しかし、実体として存在する二つのものの明確な分離ではなく、むしろ、ことばがこうした二つのものの分離をもたらすと同時にこうした二つのものを結びつけてもいるのだ。あるいは、この二つのものは、ことばの内で（ことばを通して）決して一つになることなく出会いをする（分離―共有される）。さらに言えば、この分離がことばそのものであり、逆に、ことばがこの分離そのものなのである。ここで、肉体と精神の関係について述べるパスカルの文章を引用しておこう。

人間は人間自身にとって、自然の中で最も驚くべきものだ。何故なら、彼には肉体とは何であるかが分からないし、精神とは何であるのかが、さらに分からないからだ。そして、肉体みたいなものが精神と結びつきうるということもさらに分からないからである。(41)

人間は天使でもなければ、獣でもない。そして、都合の悪いことに、天使になろうとする者が獣になってしまうのである。(42)

こうして、肉体と精神が分離―共有の状態にあるように、人間と神とが分離―共有の状態にあるのは、おそらく、そこにジューヴが言うように、人間の通常の理性では解明できない秘密＝謎が隠されているからである。そして、これと全く同じ様な秘密＝謎が、人間の死をめぐって最も生き生きと感得されるように思われる。人間は何故生まれ来て死んで行くのか、人間には全く理解できないが、「時間以外の何ものでもない神は〈死神〉の形象の内に現前している」[43]と述べるロジェ・ラポルトの言葉を手掛かりにする時、死こそが、人間が神と出会う、少なくとも、神の実在を感じることができる唯一の機会かもしれない。ジューヴが「人間の実在が神の実在を妨げる」と言ったとすれば、人間の死によって、神の実在が現出するのかもしれない。また、死が神の実在に近づく機会でありうるのは、そこに次のような仕組みがあるからであろう。すなわち、死は、決して癒されない絶大な苦しみを人間にもたらす。それと同時に、死はおそらく人間の苦しみを通して、神をも苦しめることになる。そして、まさに、この苦しみにおいて神と人間とが近づき、出会うことになるかもしれないのだ。レヴィナスは、そうした苦しみにおける人間と神との出会いについて次のように述べている。

各人の苦しみが彼のために苦しむ神の大いなる苦しみでもあるのに応じて、苦しむ私は、「私の苦しみ」ではあるがすでに彼の、神の苦しみでもあるようなこの苦しみのために祈り、ひいては自己のために祈ることができる。私の苦しみのうちで苦しむ神の苦しみを断つために私は自身のために祈るのだ。自分自身のために祈る必要は、私にはない。一切の要求に先立って、神はすでに私と共にあるからだ。「苦難の襲うとき、わたしは彼と共にいる」（『詩篇』91・15）と言われているではないか。『イザヤ書』63・9も、人間の苦しみのうちで苦しむ神を語っていなかっただろうか。苦しむ神の苦しみのために、人間の過ちのために、その贖いの苦しみのために、苦しむ私は祈る。人間の苦しみを凌駕する神の苦しみへと、人間は祈禱をつうじて上昇するのだが、このような神の苦しみのうちで、人間の苦しみは緩和される。（……）私の苦しみに対して神の苦しみが有するかかる余剰のうちに、まさに贖いは宿っているのだ。罪の償いがなされ、ついには苦しみが中断されるに至るのは、神の苦しみによってである。苦きものによって苦さを和らげる聖なる偉業であろう[44]！

レヴィナスには、こうして、神に対する絶対的な信仰があるが、ジューヴには、それがない。「世界がつくられたとは思わないし、人間がつくられたとも思わない」とは本章の始めにも触れたようにまさにジューヴの言葉なのである。

いずれにしろ、人間の個々の実在は遅かれ早かれ死によって否定（？）される。この否定に対して、それを否定のままに肯定しようとするのか、あるいは、永遠という肯定を目指し、祈願してそれを否定しようとするのか、という二つの対応の仕方がある。ジューヴの対応は、むしろ、後者に分類される。何故なら、彼は芸術作品という現実とは別のもう一つの永遠の世界をつくりあげることを通して、そこに救いを求めようとするからである。それでもジューヴの中には、いずれは滅び行く肉体の生を生きざるを得ない人間の運命という痛みを、自分と同じように死に運命づけられた他の人たちと分かち合おうとする感情がある。そしてその痛切な感情がキリストの肉体を「真実の肉体[45]」と呼ぶのである。そこには、滅び行く肉体に結びつけられた限りある生の人間としか関係しえない神の悲嘆が感得されるかもしれない。その時、神は、そうした人間しかつくりえなかった自らの失敗＝痛みをキリストの十字架上での死を通して贖い、それを人間に伝えようとするのでもあろうか。したがって、ここに、*felix culpa* の動き[46]を読み取ってもいいかもしれない。

ともあれ、人間の中の精神＝天使の側面に対する憧れと同時に、肉体＝悪魔の側面に対しても魅惑を感得してしまう心の動きがジューヴの中に否定しようもなく存在している。それが『失楽園』のサタンに対する一種の同類感情とも言うべきものを呼び起こす。すなわち、この感情は、まずジューヴに、獣＝動物であるがために罪を犯さざるを得ない人間、そのために死に運命づけられた人間に対して側隠の情のこもった視線を注がせるのである。そして、この弱き者、罪ある者に対するジューヴの熱き思いは、サタンにまで届くかのようである。例えば、サタンは次のようにうたわれている。

そうだ　彼は人間の魂の中で〈神〉に出会うだろう。
丘の上に自然にすわって　人間よりも数倍大きく、彼は人間のことを想っている　エロヒームが自らの姿に似せてはつくらず、むしろ　サタンの姿に似せてつくった人間のことを想っている。それは明白なことだ。(47)

この箇所から、人間における肉体と精神（＝「魂」）の分離、それぞれ、サタンの部分と神の部分との分裂がよく読み取れる。そして次の例は、神に、何故「善悪を知る木の実」を食べたのかと咎められて、イヴが答える場面からの引用であるが、この場面によっても、人間（少なくとも肉体としての人間）とサタン＝蛇とが神に対して同じ位置に配されていることが理解できるであろう。しかも人間を誘惑したサタンは、今やその立場が逆転してしまって、まるで、アダムとイヴとの間の幼子であるかのようにうたわれていて、ここでも涙を流すのである。

〈蛇〉が私を誘惑したのです　だから私はそれを食べました。
（〈蛇〉が二人の側に来て、這いすすみ　涙を流す。(48)）

『失楽園』の最後の場面を引用して本章を終えよう。アダムとイヴは、智天使《ケルビム》に追い立てられて、楽園を後にする。

アダムは
気を失ったイヴを背負った
アダムは力強い
彼は虚無に向かって歯を食いしばる

そして彼の心、悲惨さに立ち向かう彼の力強い心で、
アダムは既に長い生を運んで歩く。
喪失の〈楽園〉は最早ない

　　　　　　苦しみは
最早ない
　　　　　　死は
最早実在しない

アダムは定めのように血まみれで歩く。だがアダムは
遂に機械的になった彼の生は　弱くなり、
アダムは倒れる。
　　智天使《ケルビム》が足元に武器を置き

光の大砲を鳴り響かせる。

……夜の涙の下で
眠りが向かい合った二人をとらえる
広大な砂漠に身をあずけた二つの石。[49]

アダムは気を失ったイヴを背負って、虚無の世界を歩き続ける。そして、最後にジューヴは、「眠りが向かい合った二人をとらえる」と、夜も涙するような悲嘆にみちた優しさでうたう。ここには、「生はすばらしい　生はすばらしい　それはむなしい[50]」と「想い」の最後でうたう時の詩人ピエール・ジャン・ジューヴの心の震え、罪を生きるのではなく、生きることが常にすでに（神の実在を妨げるという意味で）罪（を犯すこと）であるという文字通り生身を切り裂くような条件の下で、それでも（むしろ、それだからこそ）生きざるを得ない人間の運命に対する痛切な心の震えが感得されるのである。

注

（1）　本章では、Pierre Jean Jouve, *Le Paradis Perdu*, Grasset, 1966を底本とした。
（2）　Pierre Jean Jouve, « La Faute » dans *Commentaires*, A la Baconnière, 1950.
（3）　*Ibid.*, pp. 40–41.

（4）*Ibid.*, p. 42.

（5）*Ibid.*, pp. 42–43.

（6）*Ibid.*, p. 43.

（7）*Ibid.*, p. 44.

（8）*Ibid.*, p. 45.

（9）*Ibid.*, p. 46.

（10）*Ibid.*, p. 46.

（11）*Ibid.*, p. 47.

（12）*Ibid.*, p. 47.

（13）*Ibid.*, p. 46.

（14）Margaret Callander, *The Poetry of Pierre Jean Jouve*, Manchester University Press, 1965, p. 110.

（15）*Ibid.*, p. 111.

（16）*Ibid.*, p. 113.

（17）*Ibid.*, p. 114.

（18）Pierre Jean Jouve, *Le Paradis Perdu*, *op. cit.*, p. 34.

（19）*Ibid.*, p. 34.

（20）*Ibid.*, p. 37.

（21）河合隼雄『影の現象学』講談社学術文庫、一九八七年を参照。

（22）Paul Valéry, *La Jeune Parque* dans *Œuvres I*, Gallimard, Bibliothèque de la Pléiade, 1965, p. 96.

（23）Margaret Callander, *op. cit.*, pp. 118–119.

（24）*Ibid.*, pp. 124–125.

（25）Emmanuel Levinas, *Entre nous*, Grasset, 1991, p. 149.（『われわれのあいだで』合田正人・谷口博史訳、法政大学出版局、一九九三年、一八六頁）

（26）Pierre Jean Jouve, *Sueur de Sang* dans *Œuvre 1*, Mercure de France, 1987, p. 204.

（27）ウィリアム・シェイクスピア『夏の夜の夢・あらし』福田恆存訳、新潮文庫、一九七一年、一二一頁。

（28）Margaret Callander, *op. cit.*, p. 119.

（29）*Ibid.*, p. 120.

（30）Pierre Jean Jouve, *Le Paradis Perdu*, *op. cit.*, pp. 74–75.

（31）*Ibid.*, p. 80.

（32）*Ibid.*, pp. 83–85.

なお、最終行の解釈については、Laure Rièse, « Sur "le Paradis Perdu" » in *Cahier de l'Herne Jouve*, Éditions de l'Herne, 1972, p. 251 によった。原文は、« Et elle / Reprend la leçon du Serpent la trouvant plus belle. » となっており、「自分のことをさらに美しくなったと思ってくれる〈蛇〉の教えを再び始める」とも読める。

（33）性愛の行為の後に、意識（良心）が目覚めるという意識（良心）の後発性は、ジューヴにおける肉体の占める大きな位置を示唆している。シェラーは、「意識（良心）の反復する不毛性」と言っている。（Kurt Schärer, *thématique et poétique du mal dans l'œuvre de Pierre Jean Jouve*, Minard, 1984, p. 67.）

（34）一九九三年十一月二日二三時からのＮＨＫ（ＢＳ２）における「チベット死者の書」に関する番組での発言。

（35）この二つの不可能性に対して自己は、次のようにしか動けないかもしれない。「客体としての人間と主体としての人間との間の相互作用の規則性を白日の下に曝すことを通して、この世界の中で主体を評価することが決定的に重要なのである。ハイデガーの言葉によれば、我々は『常に〈この二つのものの間〉、人間とものとの間で動か』なければならないことを示すことが重要なのである。この〈二つのものの間〉は、自己が隔たりの内に収まることを表示している。それは、収まりとしては隠蔽された収まりである。主体存在の位階は、確かに、連接、すなわち、二つの内の一方の項の観点からしか実行されない。一方の項からもう一方の項への通過であるかもしれないからである。それは客体―自己と主体―自己との間の関係ではなく、むしろ内部から外部への脱出の動きであり、しかも常に再開される動きなのだ。何故ならその動きは決して実現されることがないからである。それは、他者に合流することに永続的に失敗することであり、外縁が光に侵食される影のように、そうした失敗の無限にまでのび行く動きなのだ。それはしたがって、関係なのではなく、他者を目指して自己の外に飛び出して行く自己掌握であり、絶対的自己同一性からほんのわずかな距離にある動きであり、同時に、そこから世界が進入する唇なき開口や距離なき無限のような断壊である。」（Philippe Hodard, *Le JE et les dessous du JE*, Aubier Montagne, 1981, pp. 77–78.）

（36） Pierre Jean Jouve, « La Faute » dans *Commentaires*, *op. cit.*, p. 42.

（37） 次の文章を参照。「〈存在〉もまた話す主体のことばの中に自らをあらわすのである。」（Philippe Hodard, *op. cit.*, p. 106.）

（38） Maurice Blanchot, *L'Ecriture du désastre*, Gallimard, 1980, p. 110.

（39） Margret Callander, *op. cit.*, p. 126.

（40） この「影」の考え方については、河合隼雄の前掲書を参照。また『失楽園』の構成そのものに観察される（影の変奏としての）反復の仕組みについては、Bruno Gelas, « L'épisode et la scène dans *Le Paradis Perdu* » in *Cahier Jouve No. 2*, Minard, 1985, pp. 25–37 を参照。

さらにシェラーも、ジューヴにおける「グノーシス主義的でマニ教的な色合いの神の分裂」について述べている。（Kurt Schärer, *op. cit.*, p. 73.）

（41） Blaise Pascal, *Pensées*, Le livre de poche, 1962, p. 58.

（42） *Ibid.*, p. 151.

（43） Roger Laporte, *Études*, P.O.L. 1990, p. 159.

また、G・スタイナーによれば、ハイデガーも時間を死と結びつけている。「時間性は、一切の存在者が死への存在であるという圧倒的な事実によって具体的なものとされる。」（G・スタイナー『ハイデガー』生松敬三訳、岩波書店、一九九二年、二〇一頁）

（44） Emmanuel Levinas, *A l'heure des nations*, Les Éditions de Minuit, 1988, pp. 149–150.（『諸国民の時に』合田正人訳、法政大学出版局、一九九三年、二一四頁）

（45） Pierre Jean Jouve, *Les Noces* dans *Œuvre 1*, *op. cit.*, pp. 189–190.

なお、パスカルによれば、アダムはキリストの前表である。（André Clair, *Kierkegaard Penser le singulier*, Les Éditions du Cerf, 1993, p. 159.）

（46） G・スタイナーは、*felix culpa* について「アダムの〈幸福なる堕罪〉にキリストの奉仕と人間の究極的な復活のための不可欠な前提条件を見る教説」と言っている。（G・スタイナー、『ハイデガー』前掲書、一九一頁）

（47） Pierre Jean Jouve, *Le Paradis Perdu*, *op. cit.*, p. 65.

（48） *Ibid.*, p. 96.

（49） *Ibid.*, pp. 116–118.

（50） Pierre Jean Jouve, *Les Noces* dans *Œuvre1*, *op. cit.*, p. 91.

第三章　「想い」を読解する

I

一八八七年に生まれたピエール・ジャン・ジューヴは、一九〇九年の『人工』から一九一四年の『祈り』までに、二十以上の詩作品、散文作品を発表した[1]。ジューヴは、一九二二年から一九二五年の「危機」を境にして、これらのすべての作品を一挙に拒絶してしまう。そして、一九二五年に発表した詩集『神秘の婚姻』を新しい文学創作の第一歩とする。これは、ジューヴ三十七歳の時のことであり、例えば、ファン・ゴッホ（一八五三―一八九〇）やランボー（一八五四―一八九一）の死去した年齢と同じ時期の行為である。

それまでのジューヴの文学活動は、「僧院派」への参加、ロマン・ロランとの親交によって窺えるように、人間愛、正義愛に貫かれたものであった。しかし、人間を中心とする物の見方、心の動きからは、ついに、ジューヴの目指す真の文学作品は生まれることがなかった[2]。

ジューヴは、こうした十余年間の道程を経た後で、「危機」に遭遇する訳であるが、その時期に彼は、次のような感情に突き動かされていた。

すべてを変えなければならなかった、と私は感じていた、すべてをやり直さなければならなかった。生そのものが再び始まろうとしていたように、すべてが厳格な別離の内に鍛錬されなければならなかった。自分自身の真実を創出するというたった一つの原則の下に。(3)

これは、一九五四年に発表された『鏡の中で』からの引用であるが、この文章の、すべてを初めからやり直さなければならなかった、という語気の激しさが、三度繰り返される「すべて」の内に観察される。それは、また、「危機」から三十年経った一九五四年においても、「危機」当時の決意の強さが衰えていないことを示している。実際、『鏡の中で』が出版されたのと同じ年に放送(一九七六年三月にフランス・キュルチュールで再放送)されたミシェル・マノールとの対談でも、この文章を話す七十歳に近いジューヴの声は強く震えていたのである。

ともあれ、この引用箇所の背後には、ジューヴが「危機」の後で抱懐するに至った考え、すなわち、文学作品がそれ自体の真実を創り出すように、作者が文学作品と取り組むという考えがある。それは、作者が、文学作品を通して何かある動きなり意味を表現しようとするのではなく、逆に文学作品が、作者との出会いを通して自らを表現するという動きを獲得することであると解釈することができる。例えばそれは、ジューヴが詩人と詩作品との関わりについて述べる次のような文の内に垣間見られるものである。

それにしても、詩作品についての核になる考えとは、(……)それは原初の情動と意識の最も高い働きとを、(……)合一させたり伝達させたりすることであった。(……)霊感は「人がなそうと自らに課したことをまさになそうとする」意欲と、天空の権能による口述とを合一させることである。(……)言葉《モ》を言う者と

は、目覚めの極点にいて夢の等価物を釣り上げる者のことだ。(4)

ジューヴがこの文章で述べる「意識の最も高い働き」、「人がなそうと自らに課したことをまさになそうとする意欲」、「目覚めの極点」という詩人の意識的な働きと、「原初の情動」、「天空の権能による口述」、「夢の等価物」という詩人の無意識を領有する「起源」としての「詩作品」という、この二つの要素は「言語」を通して、また、「言語」の内で出会い、その出会いが同時に、具体的な一つの詩作品になるのである。(5)

II

さて、本章では、「危機」以後のピエール・ジャン・ジューヴの最初の詩集である『婚姻』の最初の詩篇「想い」に一つの解釈を与えることで、前節で述べた詩人の意識的な「私」と「詩作品」との出会いが「言語」の場でいかに行なわれるのか観察したい。

一九六四年のメルキュール・ドゥ・フランス版によれば、『婚姻』は、一九二五年から一九三一年の間に創られた作品から構成されている。その中で、この「想い」だけが、一九二四年の作品である。(6)これは何を意味するのであろうか。『婚姻』の他のすべての作品が、「危機」の後に生まれた作品であるとすれば、この「想い」が「危機」の真只中に生まれた唯一の作品であるとは、この作品が「危機」という暗闇に差し込んだ一条の光明、あるいは、「危機」という暗闇から生まれた一条の光明であり、そこからジューヴのあらゆる作品が生を享けることになる泉になっていると解することができるであろう。換言すれば、「想い」は、ジューヴが「危機」の後で抱懐するに至った、詩作品そのものの真実の創造を獲得しようとする最初の動きが、すでに、観察される作品でもあろう(7)。

「想い」に一つの解釈を与えるに際して、二つの作品、『旧約聖書』の『コヘレトの言葉』とランボーの『地獄の季節』を手掛かりにしたい。何故、この二つの書物が手掛かりになりうるのかと言えば、それは、「想い」のエピグラフに次のような文が掲げられているからである。

詩人の精神は偶然　そこではすべてが空ろで　風を追い求める
ことであるという『コヘレトの言葉』の
古い文に出会った(8)。

またランボーの方について言えば、彼は『地獄の季節』の中の「閃光」において次のようにうたっている。

「何も空ろなものはない。科学の方へ、そして前へ進めだ！」と現代の『コヘレトの言葉』、つまり〈みんな〉が叫んでいる(9)。

ちなみに、ジューヴは、この「危機」の時期に『悪の華』、『オーレリア』、『赤裸の心』と並んで、ランボーの『地獄の季節』に深く沈潜していた(10)。

そこで、この『コヘレトの言葉』と『地獄の季節』という二つの作品が提示するそれぞれの特徴的な動きについて少し観察してみよう。

まず、『コヘレトの言葉』について言えば、それは、次のように始まっている。

エルサレムの王、ダビデの子、〈コヘレト〉の言葉。
空ろの中の空ろ、と〈コヘレト〉が言う、空ろの中の空ろ、すべてが空ろ。[11]

そして、「それもまた空ろで　風を追い求めることである」[12]という言葉が幾度も繰り返され、最後は次のように終わっている。

〈神〉を恐れよ、そしてその命令を守れという、この話の終わりに耳を傾けよう。それこそがすべての人がなすべきこと。〈神〉はよきにつけ悪しきにつけ、隠されたすべてのものについて、どんな行ないも審判に委ねるからである。[13]

人間の行なうあらゆる事柄は無意味であり、通り過ぎていく風を追い求めるようなものだと『コヘレトの言葉』は物語る。そして、人間の生に意味を与えうるのは、神の存在、絶対者の存在だけである。天国は、あくまでも天上にあるのであって、地上で行なわれる事柄はすべて無価値である。こうして、神のみが人間に意味を与えうるとは、そこでは、神から人間への一方向の動きしか存在していないということである。乱暴な言い方をすれば、『コヘレトの言葉』の世界では、人間の無意味さが神の存在に意味を与えている。とすれば、神が存在するためには、人間は、あくまでも無意味でなければならない。

これに対して、ランボーの詩作品において、「現代の『コヘレトの言葉』」としての「〈みんな〉」は「何も空ろなものはない」という具合に、『コヘレトの言葉』とは全く逆の動きをうたっている。この「〈みんな〉」の言葉は、そのままランボーの言葉ではないとしても、そこには、人間も自分で意味＝価値を体現しうるという考え方を読み取ることができる。そして、『地獄の季節』の「朝」の中でも次のようにうたわれている。

いつ私たちは、砂浜や山々を越えて、新しい仕事の誕生や、新しい叡智を、独裁者や悪魔の逃亡を、迷信の終わりを迎えに行くというのだろう、地上での降誕を――率先して！　――崇めに行くと言うのだろう！　天空の歌、民衆の行進！　奴隷たちよ、生を呪うのはよそうではないか。(14)

天上に天国をではなく、地上に天国を実現しようとうたう詩人ランボーが追い求めるのは、しかし、自らが神になることではない。それは、むしろ、イエス・キリストが生まれる以前の世界を再び創り出すことであり、さらに言えば、アダムとイヴが楽園から追放される以前の世界を再び生きようとすることであろう。極言すれば、神という絶対者のいない、無垢な世界の創造である。(15)

以上観察されたことを図式的に要約すれば、『コヘレトの言葉』が神を肯定するために、人間の現世での生を否定するとすれば、詩人ランボーは、現世での生を肯定するために、人間を超えたものとしての神を否定すると言えるかもしれない。では、この二つの力の間にあって、ピエール・ジャン・ジューヴの詩作品は、いかなる動きを提示するのであろうか。

ここで、「想い」が収められている『婚姻』のエピグラフ、すなわち、ジューヴの詩作品全体の世界に通ずる扉とも言うべき頁に記されたロイスブルークの言葉を想起すべきかもしれない。

ああ！　秘された友と神秘の子とのへだたりは大きい！　前者は溌剌として、愛にあふれ、規則正しく昇って行く。だが後者は己を知らない純朴の中を、さらに高く死にゆくのだ[16]。

ロイスブルークがうたう「秘された友」とは、本章の言葉で言えば、『コヘレトの言葉』を構成する世界に属し、「神秘の子」とは、『地獄の季節』を構成する世界に属している。そして、ジューヴの詩作品は、まさに、この両者の出会いを祈願してうたわれる。すなわち、ロイスブルークの言葉で言えば、「へだたり」に身を横たえる動き、おそらくは、その間に身を引き裂かれる動きの内にうたわれる。その時、ジューヴの詩作品は、「へだたり」に架かる橋の姿を取るであろう。ともあれ、こうした詩作品の世界を「想い」についての一解釈の試みを通して垣間見て行こう。（本章の「注」の末尾に全詩の和訳を掲げてある。）

Ⅲ

前節で引用した「想い」のエピグラフについての考察から始める。

詩人の精神は偶然　そこではすべてが空ろで　風を追い求める
ことであるという『コヘレトの言葉』の

古い文に出会った。

ここでうたわれる「詩人の精神」とは何であろうか。これにもさまざまな解釈を与えうるであろうが、本章では、先に述べた『コヘレトの言葉』と『地獄の季節』とを、換言すれば、「秘された友」と「神秘の子」とを出会わせようとして、その間に身を横たえる動きという解釈を与えたいと思う。すなわち、それは、「天空の権能による口述」と「人がなそうと自らに課したことをまさになそうとする意欲」とを出会わせようとする「霊感」の働きであり、ジューヴが「詩作品が私にその言語を強いるのを見た[17]」という時の「詩作品」と詩人の「私」とを結びつけようとする「言語」そのものの働きでもある。ここに、「言語」の自立性、さらに言えば、「言語」こそが人間を超えたものの動きを持ちうるという考え方を認めることが許されるであろう。

そして、『コヘレトの言葉』のことを、「古い文」とうたっているのは、それが、古い時代に書かれた文であることを意味すると同時に、「言語」を一種の神とする詩人にとって、『旧約聖書』の世界、神を絶対者とする世界が完全に過ぎ去ってしまい、取り返しのつかない世界であることをも意味しているであろう。詩人ランボーが、地上に「降誕」を実現しようとしたように、ジューヴは、「言語」の働きの内に「降誕」を実現しようとしている[18]。とすれば、引用された「そこではすべてが空ろで　風を追い求める／ことである」という『コヘレトの言葉』は、このエピグラフの中で、どんな新しい動き＝意味を持つことになるのであろうか。

『コヘレトの言葉』では、「そこではすべてが（……）である」の「そこでは」は、地上の世界であった。ところが、このエピグラフにおいては、『コヘレトの言葉』という枠組を離れて、「そこでは」が地上の世界だけではなく、『旧約聖書』のうたう神を唯一の意味＝価値とする世界そのものをも意味するようになる。そして、「言語」だけが、現世の生のあらゆる動きだけではなく、そしておそらくは、神を唯一の意味＝価値とする動きにも意味を与えうるものとなる。ここに、「世界は一冊の見事な書物に到達するために創られた[19]」と考えるマラルメと同じ動きを認めることができるかもしれない。こうして、詩人ジューヴにとっての神、あるいは絶対者とでも言うべきものは、「言語」であり、また、その「言語」を詩人に強いる「詩作品」であることが理解される。

「言語」が詩人にとって唯一の中心であるというあり方は、この詩作品の題名そのものの内にも垣間見ることができる。「想い（songe）」とは、一見すると、名詞である。しかし、この言葉は、この詩作品の冒頭において、「お前の若き日の太陽を少し思うがいい[20]」と、動詞として用いられている。この「想い（songe）」をめぐる二つの動きは、もう一つの動きの内に収斂する。すなわち、« *son je*（彼の私）» という中心としての「彼＝言語」の内にである。この「彼＝言語」という中心が存在するためには、しかし、神を唯一の意味＝価値とする動きと、現世の生を肯定する動きという二つの動きが、出会うことが必要である。さらに言えば、「詩作品」という主体と、詩人の「私」というもう一つの主体とが出会うことがなければ、そこには、「詩人の精神」としての「霊感」の動き、「言語」の動きという中心は存在しないことになる。しかし、同時に「言語」という中心が、二つの動きや主体を出会わせていることをも忘れてはならない。

さて、「想い」と題された詩作品の観察を始めよう。この作品は、九詩節で構成されている。第一詩節は二十八行からなり、以下、二十一・十七・十七・十四・七・十・七・十八行で構築されている。そして、それは次のように始まっている。

お前の若き日の太陽を少し思うがいい
お前が十歳だった時に輝いていたそれを
驚きだ　お前の若き日の太陽を思い出すなんて[21]

まず、この冒頭の詩句において、「お前の若き日の太陽を少し思うがいい」と命令法で、誰が、あるいは何が、誰に対して、あるいは何に対して呼びかけているのかを問わなければならない。この問いに答える手掛かりとして、もう一度、「詩作品が私にその言語を強いるのを見た」というジューヴの言葉を想起しよう。その時、この「想い」の冒頭においてことばを発しているのが「詩作品」であり、そして、そのことばが詩人の「私」に向かって発せられているという解釈を与えることができるであろう。もちろん、ここで、「詩作品」というのは、前節でも観察したように、完結した作品としての詩作品ではなく、「天空の権能による口述」をもたらすものとしての「詩作品」であり、「起源」としての「詩作品」である。

ところで、「お前の若き日の太陽を少し思うがいい」とうたいかけることで、「詩作品」は詩人の「私」に何を求めているのであろうか。まず、「想う」という動きについて言えば、それは、現実の時空から、それとは別のもう一つの世界に移り行く動きであると解釈できよう。この動きは、また、それに関わる者を、現実の時空とは別のもう一つの世界に引き連れて行く「詩作品」の動きでもある。

次に「想う」という動きの対象である「お前の若き日の太陽」について考察してみよう。こうした詩句にはさまざまな解釈が可能なのであるが、ここでは、一つの解釈として、お前の若き日という太陽、という意味を提示しておこう。そこで、「お前の若き日」といい、「太陽」というのは、さて、何であろうか。それは、詩人が、さらには、人間が無垢でありえた時空、状態であろう。さらに言えば、それは、人間が原罪を知ることのなかった世界、アダムとイヴが楽園から追放される以前の世界である。

ここで、二つの詩句を引用してみたい。一つは、『コヘレトの言葉』からの引用であり、もう一つは『地獄の季節』からの引用である。

太陽の下には何一つ新しいものはない。(……)人は昔のものを思い出すことはない。そして、その後で起こることは、後から来る者たちに思い出を残すこともないだろう。[22]

秋なのか　もう！　――それにしても永遠の太陽のようなものをどうして悔やむのか、私たちが神々しい輝きの発見に没頭するとすれば、――季節の流れに死にゆく人々から遠く離れて。[23]

前者『コヘレトの言葉』においてうたわれる太陽も、後者『地獄の季節』においてうたわれる太陽も、共に、永遠＝不滅という意味＝動きの内で用いられている。『コヘレトの言葉』は、永遠＝不滅のものだけに意味があり、しかも、死に行く宿命にある人間にとっては、この永遠＝不滅を自分のものにすることができないとうたっている。昔のことを思い出すこともできないとは、人間に関するすべての事柄が滅び行くしかないことを物語っている。

これに対して『地獄の季節』の方は、滅び行く人間に向かって、さらには、その人間に滅亡をもたらす永遠の太陽に向かって、自分は違う道を進む、とうたっている。「永遠の太陽のようなもの」という具合に、永遠の太陽が不定冠詞に先立たれ、また、「私たち」の求めようとする「神々しい輝き」が定冠詞に先立たれていることに注目すれば、「私たち」の求めようとする光が、『コヘレトの言葉』のうたう太陽とは別のもう一つの動きであることが理解されるであろう。

さて、こうした永遠に対する二つの動きの間にあって、ピエール・ジャン・ジューヴの詩作品はいかなる動きを示しているのであろうか。『コヘレトの言葉』が、永遠を肯定し、人間の現在を否定する動きだとすれば、『地獄の季節』は、人間の現在を肯定し、逆に、太陽に象徴される永遠を否定しようとする動きであった。「想い」は、若き日という太陽を思い出すがいい、しかも、思い出すことができるとうたうことで、若き日という太陽（＝永遠）と、思い出す（＝現在）という二つの時間を、二つながら肯定していると言える。

そして、この若き日という太陽としての永遠と、思い出すという現在の動きが出会うのは、「心」においてである。

昔の太陽が収められているのは心の中だ
そこで太陽は動かなかったのだ　その太陽がここにある(24)

しかも、ここでは、若き日という太陽としての永遠をうたっていた直説法半過去形と、それを思い出すという現在をうたう直説法現在形とが出会っているために、直説法複合過去形が用いられている。また、太陽が空を駆け巡っているとすれば、「心」を駆け巡るのは血である。したがって、この太陽の回転と血の循環とを重ね合わせることも許されるであろう。そこから次のことが想起される。すなわち、若き日という太陽とは、生そのものの動き、あるいは、生がそれによって立つ根源の動きでもある。

次行の観察に移ろう。

本当なんだ　それはここにある
私は生きた　私は統治した
私はそんなにも大きな太陽で照らした
ああ　それは死んだ
ああ　それは一度だって
あったことはなかった
おお　その太陽は　とお前は言う
それでもお前の若き日は不幸だった[25]

ここで「私」という一人称単数主語代名詞を用いているのは「詩作品」ではない。「詩作品」が、ここでは、詩人の「私」に主体の位置を譲っている。こうしたことばを発する主体の交代について少し述べる前に、まず、「想い」の中では、「詩作品」が一度も「私」という言葉を発していないことに注意しなければならない。それが「私」という言葉を発するのは、『婚姻』において「想い」の直後に配置された「神秘の子供たち」の最初の詩篇においてである。[26]ここにも、一九二四年という「危機」と一九二五年という「危機」以後を区別する一つの道標を見出せるかもしれない。そして、この「想い」において主体としての「詩作品」が「私」という言葉を一度も発していないことに次の事柄を読み取ることができるであろう。それは、主体をあくまでも独占し続けようとする旧来の詩人の最後の抵抗、それと同時に、「詩作品」に真の主体を感得し始めた新しい詩人の誕生という二つの動きである。
また、ことばを発する主体の交代は、この「想い」という詩作品が唯一の地点から構成されていないことを示している。それは、この詩作品において、ことばが「詩作品」から詩人の「私」の方へという一方向にだけ流れるのではなく、そこに、もう一つの流れ、詩人の「私」の方から「詩作品」へという流れも存在していることを物語っている。換言すれば、ここに、「詩作品」と詩人の「私」とが「言語」を通して出会い、また、その出会いが「言語」になるという動きを認めることができる。そして、この「言語」の動きは、「本当なんだ　それはここにある」から「ああ　それは死んだ」や「ああ　それは一度だって／あったことはなかった」までの「へだたり」を、詩人の「私」が揺れ動くその動きの内にも垣間見られる。

　ところで、第一詩節の最終行「それでもお前の若き日は不幸だった」は、ボードレールの抱懐する美についての考え方を想起させる。これはジューヴも度々引用する文章である。

〈歓び〉は〈美〉と結びつくことができないと私は言いたいわけではない、私が言うのは、〈歓び〉は〈美〉の最も卑俗な装飾の一つであるということ。——そして〈憂愁〉こそが〈美〉の言わば高名なる伴侶であるということなのだ、したがって、私は（私の脳髄は惑わされた鏡というのでもあるのか）〈不幸〉の存在しない〈美〉というものを殆ど思い見ることもない。(27)

「〈歓び〉」という心の動きが、現実の時空の全き肯定であるとすれば、「〈憂愁〉」なり、「〈不幸〉」は、現実の時空の、言わば、否定であろう。むしろ、後者の心の動きは、現実の時空とは別のもう一つの世界に向かうことにある。そして、その心の動きと「言語」の動きは共鳴し合っている。ボードレールに学んだジューヴの「言語」は、こうして、現実の時空から出発して、それとは別のもう一つの世界を目指して動くと同時に、この二つの世界の間に身を横たえることが理解される。換言すれば、「〈不幸〉」にしても、「言語」にしても、それは、ジャック・ブレルが言うように、現実と夢との間の差異、あるいは、「へだたり」に揺れ動くのである。[28]

第二詩節でことばを発しているのは、「詩作品」ではなく、第一詩節で三度「私」という言葉を発していた詩人である。

まず、最初の行「エルサレムの王である必要はない[29]」から次のことが言えるであろう。『コヘレトの言葉』においてことばを発していたのがエルサレムの王、ソロモンであることを考えれば、この詩句は、次の四行「それぞれの生は自らに尋ね／それぞれの生は自らに問い／そしてそれぞれの生は待ち／それぞれの人は旅をやり直す　すべてに限りがある　さらに多くをどうして見るのか[30]」と共に、現世の生での身分の上下の無意味さをうたっている。同時にそれは、生を前にした、したがって、死を前にしたすべての人々の平等をうたってもいる。さらに言えば、「詩作品」を前にしたすべての人々の平等をうたってもいるであろう。

第二詩節でも、「私はもう一つ所にいられない／私は探し求める　私は生成する／私にはもう本当の年齢がない　私はすべてと戯れる[31]」という具合に、「私」という表現が五回続けて用いられている。第一詩節のそれは、すべて直説法複合過去形であったのが、ここでは、直説法現在形になっている。さらに、「こうして私の力は恐ろしいものになった／私の不安もまた／私の安定のなさ[32]」という具合に、一人称単数所有形容詞が三度続けて用いられている。しかも、それは、すべて変わり行くものに対して用いられている。とすれば、この第二詩節では、現在の詩人の変わりつつある動きがうたわれていることになるであろう。

最後に、「空間が短縮される　私の魂はさらに新しくなるのか」[33]の「私の魂」について述べれば、「魂」は、第一詩節の「心」とは異なって、「私の」という所有形容詞に先立たれている。したがって、「魂」は変化して止まぬ「私」に関わるものであることが理解される。一方で、「心」にしても、次の第三詩節でうたわれる「精神」にしても、それらが定冠詞に先立たれているために、変化しない「私」に関わるものであると解釈できるであろう。

第三詩節に移ろう。それは次のように始まっている。

私たちは苦行から　諦念から　離れた　だが
一番罪深いのはいつも私たちの快楽なのだ
それと言うのも　不幸には正当化される必要があるのだろうか　不幸とは私たちの都市が伸び広がる大地であ
るからだ
歓びよ　純粋よ
近寄ってはならない
私たちの歓びこそが
私たちの空ろさを惨めなものにさせるのだ[34]

この詩節で用いられている「私たち」とは、詩人および詩人と同じ位置に立つ読者であろうし、また、神という確固たる真理を失ってしまった人間（男と女）でもあろう。確固たる真理、あるいは、信念を持つ者にとっては、「苦行」も、「諦念」も可能であろうが、それを失ってしまった者たちにとって唯一の原理は「快楽」となる。しかも、この「快楽」が「苦行」や「諦念」を不可能にさせているとすれば、確固たる真理にとっては、「快楽」こそが最大の罪となる。こうした動きが第三詩節の最初の二行でうたわれている。

「苦行」も「諦念」も可能であった『コヘレトの言葉』の時代は、確固たる唯一の真理のために、「歓び」は、そのまま、「純粋」でありえた。換言すれば、『コヘレトの言葉』の世界では、現実と理想（夢）との間にはいかなる乖離も「へだたり」も存在しなかった。それが今や、「歓び」は、「退化した子供」[35]となってしまったために、「純粋」とは相容れることのないものになってしまっている。「純粋」ではなくなってしまった「歓び」を、こうして、「退化した子供」とうたっていることから、また、「純粋」としての「歓び」に対して「近寄ってはならない」と呼びかけていることから、詩人の中に「純粋」を求める心の動きを認めることができる。しかし、その「純粋」は、最早、「歓び」の中にはない。とすれば、「純粋」は、先に引用したボードレールの文章から推察されるように、「不幸」の中に、したがって、現実と理想との「へだたり」に身を横たえる動きの内に存在するのであろうか。

ともあれ、こうして引き裂かれた「歓び」と「純粋」の間に生まれる「悲嘆の上に宙吊りにされた精神」が、第三詩節の最初で「私たち」という言葉を発していた詩人と読者、あるいは、男と女に向かって次のようにうたう。

それでも遍在する悲嘆の上に宙吊りにされた精神は
言った　あなた方には感覚がある　それにあなた方の悦びを返してもらえばいい[36]

ここでうたわれている「精神」は、エピグラフでうたわれていた「詩人の精神」を想起させる。とすれば、「精神」は、前述したように、詩人の「私」であると解釈できるであろう。「歓び」が「純粋」ではなくなってしまったとしても、詩人の「私」にとって、唯一の拠り所は、「感覚」に象徴される現実の世界である。そのために、たとえそこから出発するとしても、詩作品に関わるあらゆる動きは「感覚」に根拠を置いている以上、まず、それを生きることだと「精神」はうたうのである。その時、「悦び（jouissance）」とは「歓び（joie）」と「快楽（plaisir）」との間に存在する動きであり、「言語」に呼応する動きであるかもしれない。

「私たち」は、次のように歌い続ける。

そして　それは苦い
さらに苦くなる
そして　それは苦さの中で勢いを増すかのようだ
私たちにとって(37)

「言語」に呼応する「悦び」に対して「苦さ」を感ずるとは、ここにも、現在を生きる人間が一回限りに失ってしまったものと思ってはいても、実際は、姿をかえて生き続けている「純粋」に関する力が「私たち」の内に存続していることを示している。それは、また、変わり続けて止まぬ「魂」に対する、変わることのない「心」と「精神」に関わろうとする力が「私たち」の内に存続していることでもある。

第四詩節において「私」という言葉は一度も用いられていない。「詩作品」が詩人の姿を次のようにうたっている。

詩人は
相も変わらず六階に住む　彼は昔からの飢えに苦しむ
彼は未来の自分の死を眺める　彼は永遠になろうと試みる
違うんだ　彼がかつてのように死を愛しているとは思わないでほしい(38)

第一次世界大戦後の人々の幸福な生活がうたわれているこの第四詩節で、詩人だけが不幸である。詩人と不幸との関係について、ジューヴはそのボードレール論の中で次のように述べている。

呪われた詩人であるという意識がボードレールの努力に報いたにちがいない。呪いがなければ、いかなる革新も可能ではない。地下を支配するイメージに近づくためには呪いを通らなければならない。苦しみの内に子を産まなければならないと言うではないか。（……）ボードレールは自らの創造の犠牲者であって、その支配者ではなかったと示唆されたことがあった、おそらくここにこそボードレールの失敗について語ることができるのだろう、それは、創造作用が内部の失敗を埋め合わせにやってきたのではなく――むしろ人間としての失敗は創造作用の激しさに応じて生じたのだ(39)。

また、引用した詩句の最後の行、「違うんだ　彼がかつてのように死を愛しているとは思わないでほしい」について述べれば、これは、「詩作品」が、詩人にではなく、直接、この詩作品を読む読者に向かって発している言葉である。換言すれば、ジェーヴの詩作品の読者は、詩人という媒介なしに、直接、「詩作品」と対面し、出会うことを強制されている。したがって、読者は安全地帯にいて、ジューヴの詩作品を冷静に眺めることはできない。

さらに、この「彼がかつてのように死を愛しているとは思わないでほしい」という詩句は、例えば、ジューヴが一九二三年に発表し、「危機」の後否定した『悲劇、および感傷旅行』の中の、「死と太陽」と題された詩作品を想起させる。ジューヴが否定した以上、この作品について何かを言うことは許されないかもしれないが、あえて引用する。

ああ、いかに私は孤独だったことか！　空虚で余りにも自由でありすぎた。私にだけは見事だった、どんな仕事も空しかった。戦争と事業と暴力との灰色の世界を、私は彼方に、放棄していた、しかもその世界の方が私をさらに見捨てたのだ。私は死にたかった。そうした太陽の下で死にたくなるのは特別な感情だった。(40)

この死を愛していた「私」がうたわれている散文詩は（一回の直説法大過去形を除いて）すべて直説法半過去形でうたわれている。そして、ここで、「私」という言葉を発しているのは、詩人である。この詩作品には、まだ、「詩作品」を一種の主体とする動きがみとめられない。これが、一九二四年以前の作品をすべて拒絶するというジューヴの行為の主要な原因の一つになっているのであろう。

第四詩節の最終行はこうである。

そして生は　と彼は考える　本当に驚異のものであろうに　もし(41)

現実の生活は、あるがままのものである。それを、「もし」という言葉で、たとえその内容がどうであれ、とにかく、現実の生活とは異なるある事柄を仮定することは、あるがままの現実の生活にとって無意味かもしれない。この動きが「であろうに」という条件法の使用によく窺える。

しかし、詩人は、それでも、「もし」という言葉で、あるがままの現実の生活とは別の、もう一つの動きを思う。これは、同時に、「詩作品」が、詩人を現実とは別のもう一つの世界に引き連れて行くからでもあろう。

第五詩節でことばを発しているのは、そこで用いられている「私たち」、あるいは「私」から推測されるように、詩人の「私」である。

第四詩節は、先に観察したように、「もし」という、現実とは別のもう一つの世界を目指す動きが仮定として提示されようとするところで終わっていた。ところが、第五詩節は、「最大の問題は死ぬということ　しかも私たちはそれについて一字一句も知らない(42)」という具合に直説法現在形で始まっている。現実とは別のもう一つの動きが仮定される時、「もし」の後には、直説法半過去形が用いられるのが普通である。

しかし、この第五詩節では直接法半過去形ではなく、直接法現在形や複合過去形が用いられていて、前詩節の「もし」とのつながりが断ち切られている。その中を、「最大の問題は死ぬということ」から「分かりもせずに私は彼らを無きものにする　彼らは死んだのだ」まで、あるいは、逆に、「それは多分問題なんかではない　死は多分私たちには何でもない」から「すべては　このたった一つの死のために　この大きなポーチのために　この穏やかな港のためにあるのか」[43]までを詩人は揺れ動いている。この揺れ動きは、詩人にとって、『コヘレトの言葉』の世界に存在していた確固たる唯一の真理が存在していないことを暗示している。そして、「詩作品」に関わることが、いわゆる現実の世界に関わることから始まって、詩作品の世界というもう一つの現実の世界に関わることに終わるのではなく、常に、この二つの世界に関わり続けることを意味している。この詩人の揺れ動きは、前述した「天空の権能による口述」と「人がなそうと自らに課したことをまさになそうとする意欲」との間の揺れ動きであり、また、この二つの動きを出会わせようとする「霊感」あるいは「言語」の動きでもある。しかも、この詩人の揺れ動きは、それがうたわれる疑問形という形によっても強調されている。

こうして、詩人にできるのは、二つの世界のどちらかを選んで、そこに安らぎを見出すことではなく、むしろ、この揺れ動きそのものを生きることである。

違うんだ　幸せがあるなんて思えないし　死があるなんて思えないから
心の底では　自分が絶対に不死であると思っていると　あなた方に告白する
どうしようもない虚栄[44]

この第五詩節の最後の三行にも詩人の揺れ動きが感得される。この揺れ動きを詩人に可能にさせているのは、あるいは、詩人にそれを強要しているのは、「詩作品」に関わることで、死を免れうるかもしれないという詩人の思いである。しかし、「詩作品」に関わることは、すべての人間に死をもたらす現実の世界と関わることを排除しない。だからこそ、それは、遂に、「虚栄」なのであるが、一方で、「詩作品」に関わることを命とする詩人にとっては、それは同時に「どうしようもない（essentielle）」動きでもある。

第六詩節の観察に移ろう。この詩節は七行と、第八詩節と共に、「想い」を構成する九詩節の中で、最も少ない行数でうたわれている。

若い私は時が好きだった
私は一番若いことに耐えられなかった
私は穂を垂れる時の稲が　音楽のように広がる時の木々が好きだった
若い私は老人が好きだった(45)

主語の「若い私」にしても、それに続く動詞の直説法半過去形にしても、直接目的補語にしても、すべて、過ぎ去ってしまって返らぬものという動きを提示している。ここでうたわれている「好きだった」の直接目的補語は、「時」にしても、「穂を垂れる時の稲」にしても、「音楽のように広がる時の木々」にしても、そして、「老人」にしても、すべて、成熟し切ってしまい、最早、滅び行くしかない生の刻である。辿り着くべき高みに到達し、降りて行くしかない生の姿である。

過ぎ去って行くもの、滅び行くものは、しかし、直接目的補語でうたわれるものよりも、むしろ、それをうたう「私」の方であるとも言える。何故なら、直接目的補語の方は、すべて、定冠詞に先立たれているし、「穂を垂れる時の」とか「音楽のように広がる時の」という具合に直説法現在形と強く結びついているのに対し、「私」の方は、この第六詩節において、直説法半過去形、直説法現在形、直説法複合過去形という具合にさまざまに変化する動詞の形態と結びついているからである。とすれば、「私」は、すでに過ぎ去ってしまったもの、現に過ぎ去りつつあるものとしか関わりを持ち得ないと言える。ちなみに、「今や私は私の影とともにもう一つの斜面 下り行く斜面の方に身を屈める」[46]という詩句の「私の影」とは先に引用した四行の主語でもあった「若い私」のことでもある。さらに、この解釈を根拠づけるものとして、第六詩節の最終行がある。

多分老いとともに静寂もやって来るだろう[47]

ここで用いられている直説法単純未来形は、「想い」で唯一のものである。しかも、この第六詩節を構成する八つの主節の内、七つの主語が「私」であるのに、この直説法単純未来形と結びついた主節だけ、主語は「静寂」であり、「私」ではない。とすれば、「多分」といい、そして、直説法単純未来形といい、また、「老い（la vieillesse）」といい、「静寂（le calme）」といい、これらすべてのものは、詩人の「私」にとって永遠に自分のものにすることができないものなのであろうか。あたかも、そこで用いられている直説法単純未来形が、永遠に、現在形になることができないように。逆に言えば、「想い」という詩作品は、そして、それに関わる詩人の「私」は、「老い」とか、「静寂」とかを祈願する動きを内に秘めてはいても、それを体現するような動きとは異なった空間、時間の内にあると言わなければならない。

第七詩節は次のように始まっている。

男は愛してやまぬその唇にどれだけ多くの侮蔑を抱くことか
それでも彼はそこに恍惚を見出した　彼は相も変わらず自分の恍惚を求める
生命力[48]

この詩節では、「私」も「私たち」も一度も用いられていない。したがって、「詩作品」がここでことばを発していると解釈できる。しかも、この詩節の冒頭において、第六詩節の最後の言葉「静寂」をいきなり否定、嘲笑するかのように、男と女の愛がうたわれている。ここに、「詩作品」の動きと、詩人の「私」の動きとの否定的な出会いを読み取ることが可能であろう。「静寂」と一見相容れない動きである「生命力」は、男が女との愛に恍惚を求めようとする動きである。この恍惚は、その語源的な「自己の外に出る動き[49]」という意味に解するのが適切であろう。それは、自分の外に存在している女との出会いでもあろうが、同時に、自分を待ち構えている死を嘲笑しようとする動きでもある。それが、次の詩句でうたわれている。

彼は相も変わらず女たちの肉体の匂いと味わいと色を求める
彼女たちのしなやかさを
彼女たちの嘘を
彼女たちの真珠のような肌の中で慎ましくも死を嘲笑するものを[50]

しかし、死を嘲笑する動きは、決して、一つの動きから成るものではない。それは、最初の行の「に（……）多くの侮蔑を抱く」と「愛してやまぬ」という二つの動詞（句）が、「その唇」において出会うように、互いに矛盾する二つの動きによって構成されている。この互いに矛盾する二つの動きは、「彼はそこに恍惚を見出した」と、第七詩節の最後の三行「そして　その後／彼のよく知っている／悲しみがやって来る[51]」にも観察される。この「生命力」、「恍惚」から「悲しみ」への移り行きは、すでに、第三詩節の「悦び」から「苦さ」への移り行きの内にも観察された。

ところで、この最後の三行は、第六詩節の最終行「多分老いとともに静寂もやって来るだろう」に対応している。詩人の「私」は、「静寂」が訪れるのを願っているのかもしれないが、実際に、現実の世界で彼が味わうのは「悲しみ」である。ここにも、詩人の「私」と「詩作品」との乖離、あるいは、否定的な出会いを読み取ることができるであろう。この乖離、あるいは、否定的な出会いは、この詩節の最初の言葉「どれだけ多くの（combien）」に呼応する第八詩節の最初の言葉「どれほど（combien）」を転機としてどのように変化して行くのであろうか。

第八詩節の観察に移ろう。

どれほど私たちは探し求めたことか――奇跡　私たちは奇跡なのだ
無
この世は真っ直ぐで無限だった　それが今や曲がって絡まり合っている[52]

この詩節には、「私たち」という言葉が用いられていることから、ここでことばを発しているのが詩人の「私」

であると解することができる。ところで、「私たち」が「奇跡」であるとはどういう意味であろうか。人間が生きているということ、それ自体が「奇跡」であると解することもできるであろうが、同時に、第七詩節でうたわれていた、男と女の愛と解することも許されるであろう。その時、「私たち」とは詩人の「私」と読者と解することができると同時に、男と女という意味にも解することができる。

しかし、詩人がうたう男と女の愛の「奇跡」は、すぐ後で「無」と否定される。あるいは、この「無」に、数年後、ジューヴによって、はっきりと意識されるナダの考え方の前兆を読み取ることも可能であろう。その時、「無」という動きは、「すべて」に結びつくのだし、さらには、それが「奇跡」にもなりうると言える。(53) あるいは、この「無」に、前から述べている詩人の「私」の揺れ動きを感得することもできる。

「この世は真っ直ぐで無限だった」とうたわれる世界は、アダムとイヴが原罪を知ることのなかった無垢の世界であると理解できる。それは、また、人間と世界とが、いかなる分離も知ることなく、一つであった世界でもある。この世界が第八詩節の後半で次のように変化する。

人が見る世界は広くなったが　その後ろにあるのものはそれだけ少なくなってしまった
思考は細く　弱く　無益なものになり　〈銀河〉のような一筋の霧の流れになった
そして世界は地獄の壁のような物体であり　広がりであり恐怖であり　真実である
思考は微笑む　多分死に行くからだ(54)

これらの詩句でうたわれている動きについて観察する時、次のことが言えるように思われる。アダムとイヴが楽園から追放されてしまい、無垢の世界を失ってしまったように、人間は無垢な世界を失ってしまった。それは死によって最も強く象徴される。何故なら、死は、人間と世界との分離に忍び込むものだからである。ところで、「人が見る世界」と「思考」とは同じ動きを示しているが、この「思考」とは確固たる唯一の真理を失ってしまっているために、極めて不安定なものでしかない。最終行の「思考は微笑む（sourit） 多分死に行くからだ」は、第七詩節の「彼女たちの真珠のような肌の中で慎ましくも死を嘲笑する（sourit de）もの」という詩句と対応している。すなわち、第七詩節で微笑むものは、死を問題ともしていない。そのことで、死を遠ざけたり、無視したりする動きであった。一方、第八詩節で微笑むものは死を受け入れようとしている。何故なら、死は、そこから「思考」が生まれ出る地点でもあるからである。第七詩節で女の肌が死を嘲笑っていたのは、男と女との愛によって、人間と世界との分離を埋めることができるという思いがあったからであろう。

いよいよ第九詩節について観察する時が来た。

「想い」とは、詩人の「私」が現実の世界とは別のもう一つの世界を夢見ることであると同時に、そのもう一つの世界からの声に耳を傾けることでもある。今までは、第一詩節を除いて、各詩節ごとに、詩人の「私」と、「詩作品」とが交互にことばを発して来た。この第九詩節に来て、詩人の「私」と「詩作品」は、今までに観察された乖離を乗り越えて出会う、少なくともその可能性を持つようになる。その前兆は、すでに触れたように、第七詩節の「詩作品」の発する「どれだけ多くの（combien）」という言葉を受けて、第八詩節で詩人の「私」が同じ「どれほど（combien）」という言葉を発している動きの内に垣間見ることができた。さらには、第四詩節の「違うんだ 幸彼がかつてのように死を愛しているとは思わないでほしい」という「詩作品」の言葉と第五詩節の「違うんだせがあるなんて思えないし　死があるなんて思えないから」という詩人の「私」の言葉との呼応の動きの内にも感得することができた。

さて、第九詩節の始まりはこうである。

この正反対の星々
その男が火を点けると　火に照らされるその女
贈る男とねだる女　行為と神秘
噴き上げる男と孵化する女はいつも現前し　どんな時も現前する
〈派遣された男〉と〈追放された女〉は青い卵形の空間を循環する
その後で結ばれ
高低に富む一つの長い歌を作り上げる(55)

「この正反対の星々」とは、第八詩節で観察したように、「私たち」を構成する男と女と解釈できるであろう。それは、同時に、「詩作品」と詩人の「私」と解することも可能である。そして、マーガレット・カランダーが言うように「遠くから聖書に霊感を受けた魂とキリストとの結合の象徴(56)」という動きをそこに読み取ることも可能であろう。さらには、「想い」の冒頭でうたわれていた太陽と、それに対する月という解釈も成立しうる。重要なのは、しかし、このさまざまに対立する二つのものが出会い、その出会いが一つのうたになるという動き、「その後で結ばれ／高低に富む一つの長い歌を作り上げる」という詩句がうたう動きである。

そして、この出会いが一つのうたになる動きは、第九詩節の最後に体現されている。

あなた方の悲しみを怖がることはない　それは私の悲しみ
それは私たちの悲しみ　それは彼の悲しみ
おお　偉大なるものよ
怖がることはない　ここに平穏がある　生がある　生はすばらしい
生はむなしい
生はすばらしい　生はすばらしい　それはむなしい(57)

まず、「あなた方の悲しみを怖がることはない」という言葉を発しているのが誰であるのかについての考察から始めよう。「悲しみ」という言葉に注目する時、それが、第七詩節で、「そして　その後／彼のよく知っている／悲しみがやって来る」という具合に、男と女との愛の後で味わう悲しみとしてうたわれていたことに留意すれば、この詩句は、「詩作品」が男と女（読者）に向かって発しているものであると解釈できるであろう。したがって、「それは私の悲しみ」とは、「詩作品」の悲しみであり、「それは私たちの悲しみ」とは、男と女（読者）と「詩作品」の悲しみであり、そして、「それは彼の悲しみ」とは、詩人の「私」の悲しみであろう。

その後で、「おお　偉大なるものよ／怖がることはない　ここに平穏がある」という具合に、「怖がることはない」という言葉が繰り返されているが、これは、単なる繰り返しなどではなく、先に触れた第七詩節と第八詩節の「どれだけ多くの（combien）」と「どれほど（combien）」という言葉をきっかけとした「詩作品」と詩人の「私」

との共鳴を、ここに読み取ることができる。すなわち、まず、「おお　偉大なるものよ」とは、詩人の「私」がそれに到達しようと祈願する「詩作品」への呼びかけであり、また、「怖がることはない」とは、詩人の「私」が「詩作品」と同じ言葉を発することで、同時に、この同じ言葉を発するという「言語」の動きを通して、「詩作品」からの声に耳を傾けるだけではなく、「詩作品」と同じ高さに辿り着こうとする動きを読み取ることができる。

しかし、この二つの「怖がることはない」という言葉は、一番目が「詩作品」のそれであり、二番目が詩人の「私」のそれであるという本章の解釈に限定されはしないであろう。何故なら、「その後で結ばれ／高低に富む一つの長い歌を作り上げる」という詩句からも窺えるように、それは、また、一番目が詩人の「私」の言葉であり、二番目が「詩作品」の言葉でもありうるばかりではなく、この二つの「怖がることはない」という言葉が、同時に、「詩作品」と詩人の「私」の言葉でもありうるからである。実際、この詩句には、一つに限定された解釈を拒絶する動きが存在している。

ともあれ、本章では、上述の解釈にしたがって「想い」の最終三行の観察に移って行こう。

第六詩節と第七詩節にかけて、詩人の「私」のうたう「静寂」と、「詩作品」のうたう「生命力」とは互いに対立していた。第九詩節では、「怖がることはない　ここに平穏がある　生がある　生はすばらしい」という具合に「平穏」がそのまま「生」でありうる動きが観察される。さらに言えば、第五詩節の解釈で述べたような、揺れ動きそのものの内に、詩人の「私」が安らぎを見出すようになったとも言える。

そして、「生はすばらしい」について言えば、これは、第四詩節の最終行「そして生は　と彼は考える　本当に驚異のものであろうに　もし」を想起させる。第四詩節では、「生」は、条件法現在形でうたわれていたのが、ここでは、直説法現在形でうたわれている。この差異は、第四詩節において、詩人の「私」が「生」を完全には肯定していないのに対して、第九詩節に来て、詩人の「私」が、それをあるがままに受け入れようとしていることに由来していると言える。その時、詩人の「私」にとって「生」とは、「生はすばらしい」という動きと、「生はむなしい」という二つの動きを持っていることが理解される。この二つの動きは、しかし、例えば、第五詩節の二つの動き「それは多分問題なんかではない　死は多分私たちにはなんでもない」という動きと「すべては　このたった一つの死のために　この大きなポーチのために　この穏やかな港のためにあるのか」、あるいは、「私は死があるなんて思えない」という動きとは全く同じ動きではない。何故なら、第五詩節では、この二つの動きが、疑問文や否定文でうたわれているのに対して、第九詩節では、肯定文でうたわれているからである。

こうして、「生」がすばらしいものであり、またむなしいものでもあるとうたう動きは、詩作品の世界が現世の視点からだけでは説明することのできない動きで構成されていることの証である。おそらく、詩作品は、少なくとも、ジューヴの詩作品は、現世という泥水の表面に咲く白い蓮の花でもあろう。この蓮の花が白く咲くためには、泥水がなければならないし、また、その泥水とは別のもう一つの澄んだ天空への眼差しもなければならない。そして、蓮の白い花は、まさに、泥水と天空とが出会う水面に咲き匂うのである。それは泥水の中でもなく、また天空の中にでもなく、両者の出会いに花開くのである。「想い」とは、天上でもなく、地上でもなく、まさに、この二つの世界が出会う場所に、さらに言えば、地上が同時に天上でもあるような詩作品という場所に生まれる世界である。「詩作品」と詩人の「私」との出会いが「霊感」の内で、「言語」を通して、一つのうたになるのであるが、「生はすばらしい　生はすばらしい　それはむなしい」という「想い」の最終行は、おそらく、次のような動きを体現している。

まず、主語である二つの名詞「生」と一つの代名詞「それ」の差異は、前者が具体的であり、一人一人の生、あるいは、一瞬一瞬の生という個別の動きをうたっているとすれば、後者が抽象的であり、交換可能な生という普遍の動きをうたっていることの内に存在しているのであろう。

また、「生はすばらしい」が繰り返されていることについて与えうる一つの解釈は、「詩作品」だけが「生はすばらしい」とうたっても、詩人の「私」だけが「生はすばらしい」とうたっても、それは遂に、「それはむなしい」のであって、「霊感」の内で、また、「言語」を通して、この両者のうたが出会わなければならないということである。そして、両者のうたが出会うとき、「それはむなしい」という言葉の動きそのものが、「詩作品」を、そして、詩人の「私」を、むなしいとか有益であるとかの区別を超えた生の純粋な迸りのような無垢の世界に関わることを可能にさせてくれるかもしれない。

「生はすばらしい　生はすばらしい　それはむなしい」という詩句にもう一つの解釈を与えるとすれば、それは、「生」というものがただ一つの動きだけから成り立っていないことである。「生」は、さまざまな意味において「すばらしい」動きであるが、それは、同時に、「むなしい」ものであるという動きに裏打ちされた姿をしている。さらに、一行前の「生はむなしい」について観察すれば、この詩句は、「平穏」を「生」にもたらすものとして、直前の「生はすばらしい」という動きの原因であり、説明でありえた。これに対して、最終行の「それはむなしい」は、直前の「生はすばらしい　生はすばらしい」という生の純粋な迸りのような動き、そして、その動きを前にした驚きのために繰り返される動きよりも弱くなっていると言わなければならない。

以上観察してきたように、ピエール・ジャン・ジューヴの最初の詩作品「想い」は、「生」に関して、一つの定まった動き、そのことで閉じられた関係を持つのではなく、いくつもの動き、そのことで開かれた関係を持っている。換言すれば、それは、うたの内に「生」を閉じ込めようするのではなく、うたうことで「生」と関わりを持とうとする、すなわち、うたうことが生きることであるような動きを求めている。ロイスブルークの言葉「ああ！秘された友と神秘の子との間のへだたりは大きい」を今一度想起すれば、この「へだたり」に身を横たえて、そこに生きる道を求めようとする試みである。その時、「おお　偉大さよ」という呼びかけは、この「へだたり」に身を置くことで初めて可能な「詩作品」に対する接近の一歩となるのであろう。さらに言えば、その時、「言語」としての詩作品とは、「詩作品」と詩人の「私」とを結ぶ一つの架橋になるのかもしれない。

これは、また、第Ⅱ節の終わりで述べたように、『コヘレトの言葉』の世界を、「生はむなしい」とうたうことで肯定し、同時に、『地獄の季節』の世界を、「生はすばらしい」とうたうことで肯定することでもある。そして、この二つの肯定の動きによって生まれる「へだたり」に、一つの出会いとしての「言語」が生まれ、また、この出会いの動きが「言語」になるのである。しかも、この「へだたり」は、T・S・エリオットが「彼がそれを言ってしまうまで、彼は何を言うべきなのか知らない[58]」と言う時の二つの時間の流れの「へだたり」のように、「言語」によって埋め尽くされてしまうことは遂にないとすれば、ピエール・ジャン・ジューヴの「想い」は、いつまでも、うたうことを止めないであろう。

注

（1）　Margaret Callander, *The Poetry of Pierre Jean Jouve*, Manchester University Press, 1965, pp. 287–289.

（2）　ジューヴは、この時代を回顧して次のように言っている。

「このように私は『僧院派』の作家たちというはるかに断固としたグループと出会った。そこでは、人道的な参加の文学を通して、数多くの退廃に抵抗しなければならなかった。（……）その影響はよくないものであった。それは、私にとって真実とは何か、私にとって可能なものとは何かを探求する試みから私を遠ざけた。（……）私はロマン・ロランと出会っていた。私は確かに彼の友情から多くのものを受け取ったし、今もなお遠くから敬意を表している。しかし、その友情は知らず識らずの内に、私の過誤を強固なものにしてしまっていた。」(Pierre Jean Jouve, *En Miroir Journal sans date*, Mercure de France, 1954, pp. 26–28.)

（3）*Ibid.*, p. 28.

（4）*Ibid.*, pp. 41–45.

（5）この「詩作品」と「言語」の関係については、ジューヴの次の文章を参照。

「詩作品が私にその言語を強いるのを見た、そして私は従うことにした。あたかも遺産相続の経験を通して、詩作品がありとあらゆる方途を知っているかのように、詩作品はそこに私の魂を連れて行った。」(*Ibid.*, p. 23. 傍点、引用者)

また、「起源」については、モーリス・ブランショの次の文章を参照。

「作品の中心点とは、起源としての作品である、人が到達することのできない地点、それでいて到達するに値する唯一の地点。／この地点は至高な要請である、人が作品の実現を通してしか接近することのできない地点、しかもそれへの接近だけが作品を作る地点なのだ。」(Maurice Blanchot, *L'Espace littéraire*, Gallimard, 1955, p. 49. 傍点、引用者)

（6）Pierre Jean Jouve, *Les Noces* dans *Poésie I–IV*, Mercure de France, 1964, p. 21.

（7）次の文章を参照。

「『婚姻』はピエール・ジャン・ジューヴの作品の開始を告げている。それは、詩の世界に入ろうとする詩作品、今や確かなものになった使命に目覚めた詩人の誕生の詩作品なのだ。（……）識閾上の詩作品（『想い』）はその時代からの別離を表明するだけではなく、現在の日と、取り返しようもなく過ぎ去ってしまった若き日との間に敢えて置かれた、へだたりをも表明している。」(Jean Starobinski, « La Traversée du Désir » in *Les Noces*, Poésie/Gallimard, 1966, p. 7)

（8）Pierre Jean Jouve, *Les Noces* dans *Poésie I–IV*, *op. cit.*, p. 14.

次の文章を参照。「コヘレトは『集会を召集する者』、あるいは『集会の中で語る者』を意味する単語で、伝統的には『伝道者』と訳されることが多く、『コヘレトの言葉』は、これまでの日本語の聖書では『伝道の書』とか『伝道者の書』と呼ばれてきた。しかし『コヘレトの言葉』の内容はむしろ伝統的な信仰を問い直そうとする性格が強く、従来の表題は内容を適切に表しているとは思われない。最近ではコヘレトを固有名詞として扱うことが一般化しており、その結果『コヘレトの言葉』という表題が選ばれた。」(『聖書』新共同訳、日本聖書協会、一九九二年、「付録目次」二十六頁)

(9) Arthur Rimbaud, *Une saison en enfer* dans *Œuvres complètes*, Bibliothèque de la Pléiade, Gallimard, 1966, p. 114.

(10) Pierre Jean Jouve, *En Miroir Journal sans date*, *op. cit.*, p. 31.

(11) *La Sainte Bible*, traduite par Louis Segond, Les Sociétés Bibliques, 1968, p. 783.

なお、本章では、ジューヴがどの版の『聖書』を読んでいたのかを明らかにすることができなかった。ちなみに、Pléiade 版の *La Bible hébraïque* では「すべてが空ろで　風を追い求めることである」という用例が観察される。(*La Bible, L'Ancien Testament*, Bibliothèque de la Pléiade, 1959, p. 1505.) さらに、Jérusaleme 版にも「すべてが空ろで　風を追い求めることである」という用例が見出だされる。(*La Sainte Bible*, les éditions du Cerf, 1961, p. 848.)

(12) *La Sainte Bible*, traduite par Louis Segond, *op. cit.*, p. 784.

(13) *Ibid.*, p. 792.

(14) Arthur Rimbaud, *op. cit.*, p. 115.

(15)『地獄の季節』について、イヴ・ボヌフォワは次のように述べている。

「それはニーチェの『神は死んだ!』なのであろうか。だが、〈神〉の実在に関する問題は、おそらく、ニーチェにとってと同様、ランボーにとって二義的なもの、あるいは、意味を奪われたものであろう。彼ら二人が認めるように努めたこと、それは、最早救いというものがないということだ。つまり、人が最後の歩みを踏み出すのを助けてくれるような〈神〉の助けがないにもかかわらず、それでも人の中には宗教的な傾きや救済意識への欲求が保持されているということだ。〈神〉は、実在するにしろしないにしろ、最早私たちとは意思を疎通することがない。(……)〈福音〉は去ってしまった!　いかなる返答も最早来ないだろう、ランボーは今やこのことを知っている、そして、この沈黙と〈精神〉の無名の未来の中にあって、彼には最早唯一自分自身の力しか頼れるものがなくなるだろう。こうして、彼はやがて、〈神〉のいない神々しい生を打ち立てたいという真に現代的な行為を計画しながら、その試練を始めるのだ。」(Yves Bonnefoy, *Rimbaud*, Seuil, 1961, pp. 113–114.)

(16) Pierre Jean Jouve, *Les Noces* dans *Poésie I–IV*, *op. cit.*, p. 11.

(17) 注(5)参照。

(18) 次の文章を参照。

「十全なる意識と期待を通して詩人を詩人自身と一つにするために、和合させるために、企てられた様々な試みは常に失敗した。名を認められたいという思いや成功に対する執念は、早い時期から幼稚なもの、真の痛みに対して力のないものと判断された。感情面とか愛情面における気分転換は苦さや疲れしか残さなかった。神秘的経験に救いを求めることは、極めて脆弱なものであることが分かった。ありとあらゆる哲学的な教義、あるいは、叡智の教理に救いを求めることは無益であった。効果的な唯一の救いは仕事の中にしかなかった。私は仕事以外のあらゆる消耗を自分に禁じた。死刑執行人は、信者と同じように、私が絶えず仕事をすることを望むのである。」(Pierre Jean Jouve, *En Miroir Journal sans date*, *op. cit.*, p. 47.)

(19) Stéphane Mallarmé, « Sur L'Évolution littéraire » dans *Œuvres complètes*, Bibliothèque de la Pléiade, Gallimard, 1974, p. 872.

(20) Pierre Jean Jouve, *Les Noces* dans *Poésie I–IV*, *op. cit.*, p. 15.

(21) *Ibid.*, p. 15.

(22) *La Sainte Bible*, traduite par Louis Segond, *op. cit.*, p. 783.（傍点、引用者）

(23) Arthur Rimbaud, *op. cit.*, pp. 115–116.（傍点、引用者）

(24) Pierre Jean Jouve, *Les Noces* dans *Poésie I–IV*, *op. cit.*, p. 15.

(25) *Ibid.*, p. 15.

(26) その詩篇を引用しておく。

「涙を流すことをよく知っているお前
心の苦しみという混乱の中に入って
『お前の人生の道半ば
暗い森の中にいた』お前
それでも幸せな私の息子よ
私はお前に　平穏をもたらす
お前の計り知れない魂が抱く海の深みの　平穏をもたらす
静寂
いかなる死の観念もそれを乱すこともなく　それに触れることさえもなかった静寂を　もたらす
そしてお前の頌歌がうたわれる

お前自身の終わりの方に向かって行く歓びを　もたらす
私と共に　一人一人の内に語りかけるお前の〈神〉と共に
生と熱との風景の中を立ち上って行く歓びを　もたらす
私はお前の〈聖なることば〉　お前の〈幸福〉。」（*Ibid.*, p. 25. 傍点、引用者）

（27）Charles Baudelaire, *Fusée* dans *Œuvres complètes*, Bibliothèque de la Pléiade, Gallimard, 1975, pp. 657–658.

（28）*Radioscopie* de Jacques Chancel avec Jacques Brel, France Inter, 21 mai 1973.（「不幸とはまさに夢と現実との間にある差異のことだと私は思う。」）

（29）Pierre Jean Jouve, *Les Noces* dans *Poésie I–IV, op. cit.*, p. 16.

（30）*Ibid.*, p. 16.

（31）*Ibid.*, p. 16.（傍点、引用者）

（32）*Ibid.*, p. 16.（傍点、引用者）

（33）*Ibid.*, p. 16.（傍点、引用者）

（34）*Ibid.*, p. 17.

（35）*Ibid.*, p. 17.

（36）*Ibid.*, p. 17.

（37）*Ibid.*, p. 17.

（38）*Ibid.*, p. 18.

（39）Pierre Jean Jouve, *Tombeau de Baudelaire*, Seuil, 1958, p. 61.

（40）Pierre Jean Jouve, *Tragiques*, suivi du *Voyage sentimental*, Stock, 1923, p. 179.（傍点、引用者）

（41）Pierre Jean Jouve, *Les Noces* dans *Poésie I–IV, op. cit.*, p. 18.

（42）*Ibid.*, p. 18.

（43）*Ibid.*, p. 18.

（44）*Ibid.*, pp. 18–19.

（45）*Ibid.*, p. 19.

(46) *Ibid.*, p. 19.
(47) *Ibid.*, p. 19.
(48) *Ibid.*, p. 19.
(49) Paul Robert, *Dictionnaire alphabetique et analogique de la Langue Française*, tome 2e, 1976, p. 779.
(50) Pierre Jean Jouve, *Les Noces* dans *Poésie I–IV*, *op. cit.*, p. 19.
(51) *Ibid.*, p. 19.
(52) *Ibid.*, p. 20.
(53) このナダについては、拙著『ことばの現前――フランス現代詩を読む――』晃洋書房、一九九六年所収の「『名付ケラレヌモノ』における動詞の形態」一六三―一八五頁を参照。
(54) Pierre Jean Jouve, *Les Noces* dans *Poésie I–IV*, *op. cit.*, p. 20.
(55) *Ibid.*, p. 20.
(56) Margaret Callander, *op. cit.*, p. 90.
(57) Pierre Jean Jouve, *Les Noces* dans *Poésie I–IV*, *op. cit.*, p. 21.
(58) T. S. Eliot, "The Three Voices of Poetry" in *On Poetry and Poets*, Faber & Faber, 1957, p. 98.

想い（数字は詩節番号を示す）

詩人の精神は偶然　そこではすべてが空ろで　風を追い求める／ことであるという『コヘレトの言葉』の／古い文に出会った。

①お前の若き日の太陽を少し思うがいい／お前が十歳だった時に輝いていたそれを／驚きだ　お前の若き日の太陽を思い出すなんて／もしお前が眼をしっかりこらせば／もしお前がそれを細めれば／お前は今もそれを眼に

することができる／それはバラ色だった／それは空の半分を占めていた／お前にはそれをまともに見つめることができた／驚きだ　だがそれはいかにも自然なことだった／それには色があった／それには踊りがあった／それには欲望があった／それには熱があった／とてつもない容易さがあった／それはお前を愛していた／こうしたすべてを　時としてお前の年齢の真中で　汽車の中　朝　森にそって走りながら／お前は想像するように思った／お前自身の中に／昔の太陽が収められているのは心の中だ／そこで太陽は動かなかったのだ　その太陽がここにある／本当なんだ　それはここにある／私は生きた　私は統治した／私はそんなにも大きな太陽で照らした／ああ　それは死んだ／ああ　それは一度だって／あったことはなかった／おお　その太陽は　とお前は言う／それでもお前の若き日は不幸だった／／[2]エルサレムの王である必要はない／それぞれの生は自らに尋ね／それぞれの生は自らに問い／そしてそれぞれの生は待ち／それぞれの人は旅をやり直す　すべてに限りがある　さらに多くをどうして見るのか／そして私たちは機械をつくり出した／それはすべてを破壊し　古くからの土地を穿ち　古くからの大気を満たしながらやって来たのだ／輝く波　光線　軸／こうして私の力は恐ろしいものになった／私の不安もまた／私の安定のなさ／私はもう一つ所にいられない／私は探し求める　私は生成する　私にはもう本当の年齢がない　私はすべてと戯れる／だが何としたことか　昔の戦争が戻って来た　それはほとんど変わっていなかった／人の血には一つの流れ方しかない／死には一つの歩みしかない　私の方にやって来るいつも同じ歩みだ／その顔つきが変化したとしても　それは蠟だ／空間が短縮される　私の魂はさらに新しくなるのか／よりよくなるのかと私は言わない／私には言えない／／[3]私たちは苦行から　諦念から　離れた　だが／一番罪深いのはいつも私たちの快楽なのだ／それと言うのも　不幸には正当化される必要があるのだろうか　不幸とは私たちの都市が伸び広がる大地であるからだ／歓びよ　純粋よ／近寄ってはな

らない／私たちの歓びこそが／私たちの空ろさを惨めなものにさせるのだ／私たちはそんなにも急いでいる／私たちの気配りはそんなにも古い／たしかに私たちが身を震わせるのは私たちの歓びがあるからだ／退化した子供／それでも遍在する悲嘆の上に宙吊りにされた精神は／言った　あなた方には感覚がある　それにあなた方の悦びを返してもらえばいい／そして　それは苦い／さらに苦くなる／そして　それは苦さの中で勢いを増すかのようだ／私たちにとって／／④永遠の裁き手／愚かさには何と強い力があるのか　星々は愚かさのために輝く／光は愚かさに似合う　長い汽車がそれを至る所に運んで行く／都市という都市はそれの集合である　それの快楽である／そして日曜日には愚かさの一家団欒の歓びが見てとれる／戦争の後の何という栄光／混乱と軽薄さにとって／みんな前よりも楽に暮らしている／ボクサーにとっての何という栄華／詩人は／相も変わらず六階に住む　彼は昔からの飢えに苦しむ／彼は未来の自分の死を眺める　彼は永遠になろうと試みる／違うんだ　彼がかつてのように死を愛しているとは思わないでほしい／彼は尋ねる／彼は手探りで試みる／彼は嘆息する　彼は譫《うわ》言を言う／そして生は　と彼は考える　本当に驚異のものであろうに　もし／／⑤最大の問題は死ぬということ　しかも私たちはそれについて一字一句も知らない／通りすぎてしまった者たちがまた通ることはもうない／でも言っておくが　私に不安はない／彼らのことはもう信じていない／分かりもせずに私は彼らを無きものにする　彼らは死んだのだ／おお　沈黙よ／共謀よ／それは多分問題なんかではない　死は多分私たちには何でもない／それとも　反対に／すべては　このたった一つの死のために　この大きなポーチのために　この穏やかな港のためにあるのか／そこに船が入って行く港のために／違うんだ　幸せがあるなんて思えないし　死があるなんて思えないから／心の底では　自分が絶対に不死であると思っていると　あなた方に告白する／どうしようもない虚栄／／⑥若い私は時が好きだった／私は一番若いことに耐えられ

なかった／私は穂を垂れる時の稲が　音楽のように広がる時の木々が好きだった／若い私は老人が好きだった／今や私は私の影とともにもう一つの斜面　下り行く斜面の方に身を屈める／私にはもう分からない　私はいくつかの時代を味わった／多分老いとともに静寂もやって来るだろう／／男⑦は愛してやまぬその唇にどれだけ多くの侮蔑を抱くことか／それでも彼はそこに恍惚を見出した　彼は相も変わらず自分の恍惚を求める／生命力／彼は相も変わらず女たちの肉体の匂いと味わいと色を求める／彼女たちのしなやかさを／彼女たちの嘘を／彼女たちの真珠のような肌の中で慎ましくも死を嘲笑するものを／そして　その後／彼のよく知っている／悲しみがやって来る／／⑧どれほど私たちは探し求めたことか――奇跡　私たちは奇跡なのだ／無／この世は真っ直ぐで無限だった　それが今や曲がって絡まり合っている／人が見る世界は広くなったが　その後ろにあるのものはそれだけ少なくなってしまった／思考は細く　弱く　無益なものになり　〈銀河〉のような一筋の霧の流れになった／そして世界は地獄の壁のような物体であり　広がりであり恐怖であり　真実である／思考は微笑む　多分死に行くからだ／／⑨この正反対の星々／その男が火を点けると　火に照らされるその女／贈る男とねだる女　行為と神秘／噴き上げる男と孵化する女はいつも現前し　どんな時も現前する／〈派遣された男〉と〈追放された女〉は青い卵形の空間を循環する／その後で結ばれ／高低に富む一つの長い歌を作り上げる／いつも凋落があり　いつも春がある／彼らはやって来たのと同じようにまた出かける／いつも波の形の曲線　高みと低み／これで全部／そして　海の縁折り　葉群の芽吹き　山々が奏でる大地のファンファーレ／あなた方の悲しみを怖がることはない　それは私の悲しみ／それは私たちの悲しみ　それは彼の悲しみ／おお偉大なるものよ／怖がることはない　ここに平穏がある　生がある　生はすばらしい／生はむなしい／生はすばらしい　生はすばらしい　それはむなしい

第四章　2の詩学――『憤怒と神秘』をめぐって――

一九四八年に発表されたルネ・シャールの詩集『憤怒と神秘』は、「ひとりとどまる」（一九三八―一九四四年）、「イプノスの手帖」（一九四三―一九四四年）「誠実な敵」、「粉砕された詩」（一九四五―一九四七年）、「物語る泉」（一九四七年）という五つの詩群から成り立っている。[1] そしてこれらはいずれも、ルネ・シャールが南仏でレジスタンス活動を展開した時期と極めて密接な関係を提示している。この詩集には、そうした非常時の異常な状況に置かれた詩人の、実際に生きられた危険、冒険が生々しくうたわれている。常に死と直面しながら、しかも、レジスタンスのリーダーとして、自分の生死だけではなく、仲間の生死とも深く関わらざるを得なかった詩人の生命の動きといったものをこの『憤怒と神秘』に感じることは自然であろう。

ここで、一つ対照的な事柄が想起される。この同じ時期に、同じ南仏、一人はイール・シュール・ラ・ソルグ、もう一人はマノスクという直線距離にしたら六十キロメートル位しか離れていない二つの町に、ルネ・シャールとジャン・ジオノがいた。一人は、今言ったようにレジスタンスに参加し、仲間を統率するリーダーとしてナチス・ドイツと戦い、もう一人は、ドイツ人に好意的な、あるいは、反戦的な文章を書いたために、この時期の大部分を牢で過すことになる。

ジオノの場合は、第一次世界大戦に際して、一兵士として参加し戦争の非人間的な酷さをいやという程味わっている。そのために、再び銃を取って人を殺す場に駆り出されたくないという思いが強かったのであろう。それに戦争という制度そのものの無意味さに対する静かな怒りもあったに違いない。(2)

一方、ルネ・シャールは占領軍に対して抵抗を示し、銃を取る。実際レジスタンスの間、彼が一人のドイツ人も殺すことがなかったとしても、彼の仲間は何人も彼の目前でドイツ人に殺されている。では、何がルネ・シャールに銃を取らせたのか。それは、ジャン・ジオノの場合に垣間見られるヒューマニズムとは正反対の心の動きである。端的に言えば、仲間や同朋が殺されるのに、自分だけが知らぬ振りをし、黙って見過ごすことがルネ・シャールにはできなかったのである。(3)

さて、こうして『憤怒と神秘』ではレジスタンスがうたわれることになるのだが、何がこの詩集の特徴、あるいは、魅力となっているのであろうか。

それを探る一つの手掛かりとして、この詩集の題名から考えてみよう。(4)

『憤怒と神秘』の内、まず、憤怒（Fureur）については、それはおそらく、レジスタンスにルネ・シャールを駆り立てたナチス・ドイツに対する怒りであり、戦うことを放棄した弱いフランスに対する悲痛な叫びであり、また、レジスタンスで殺された仲間に対する癒し難い憤慨の激しさであろう。

Fureurという言葉には、また「熱狂的で常軌を逸した感情」(5)という別の意味も存在している。これは、詩作品ができる過程で、人間の理性という閉域をはるかに超えたものによって詩人の心が激しく揺り動かされることに結びつけてもよいかもしれない。

そして、神秘（mystère）については、「或る事柄が暴露されるのを妨げるための故意の慎み、何ものかを隠匿するために取られる予防策の全体」(6)という意味から出発して、それが、レジスタンスの核心を成す動きを表明していると考えられる。何故なら、レジスタンスとは元来地下運動であり、マキ（山岳地帯）に隠れて行なう運動であるからである。

mystère には、また、「悟性の手におえないもの、不可解なもの、不分明で、隠された未知のもの」[7]という別の意味もあって、これが、レジスタンスという異常な状況にあっても、なお、うたわずにおれない詩人の動きに結びつくのかもしれない。

こうして、『憤怒と神秘』という題名についての考察から、この詩集における特徴的な動き、すなわち、激しい怒りと身を隠す慎み、激しいうたの力とそれに耳傾ける控え目という、言わば、外へ拡ろうとする激しさと内側に入り込もうとする静かさという二つの相対立するものが「と（et）」という言葉で出会いをしている動きが、理解されるであろう。そして、この「と（et）」は、また、レジスタンスをめぐって観察される人間ルネ・シャールと詩人ルネ・シャールとの間に、分担＝共有（partage）という決して一つに統合されることのない開かれた二つの動きが存在していることを教えてくれる。

ちなみに、本章の冒頭で挙げた『憤怒と神秘』を構成する五つの詩群の題名はいずれも二つの主なる（冠詞とか前置詞、接続詞、代名詞などを除いた）語の出会いから形成されていることに注意しておこう[8]。

とすれば、詩集『憤怒と神秘』はその題名が示唆するように、相対立するものの出会いに連関する2の提示する動きをその特徴の一つとして取りあげることが許されるかもしれない。そこで、2は果たしてどんな動きを提示するのかを次に問うてみよう。

この問いに直接答えるのではなく、まず、2を前後する二つの数字の観察から始める。

1は、極めて単純化して言えば、絶対の真理とか唯一の神とかをめぐって使用され、すべてのものがそこに集中する起源（過去）としての中心への閉じられた動きを提示している。[9]

3は、弁証法が代表するように、相対的な動きを提示するが、その相対化が果てしもなく続くとすれば、それは極めて開かれた外という未来への動きでもあることになる。[10] こうして、1や3をそれぞれ、閉じられた過去への（固体化の）動き、開かれた未来への（気体化の）動きと定義することができるとすれば、この二つの数字の中間にあって、2は開かれる動きであると同時に閉じられる動きという極めて緊迫した、不安定な、生成しつつある現在の（液体の）動きであると定義することができるかもしれない。[11]

2が2であるためには、二つのものが同じ強さで引きつけ合うと同時に反発し合わなければならない。二つのものが同じ強さで中心への動きと周辺への動きを分担＝共有し、その内に共存しなければならない。友情や愛情にしても、あるいは、反目や憎悪にしても、この心の動きが生まれ、存続するためには、常に二つのものが同じ強さで対面し合わなければならない。一つに合一してしまったり、あるいは、逆に無限の彼方に隔たったりしてしまったら、この緊張関係は崩れてしまい、2の動きは存在しなくなるであろう。

緊張関係をもたらす、開かれていると同時に閉じられてもいるような2の動きを構成する要素として、いろいろなものを考えることができる。例えば、自分―他人、内―外、生―死、もの―ことば、現実―夢などがあろう。しかし注意しなければならないのは、まず、自分なら自分、他人なら他人という明確に区別されるものが先に、それぞれ独立した形で存在していて、その二つが出会うことで2の動きが生まれるという順序で事が運ばないということである。

と言うのも、これら二つのものは互いに独立した形で切り離されては、そもそも存在しないからである。他人のない自分はないし、外のない内も、死のない生も、ことばのないものも、そして、夢のない現実もないからである。

例えば、我々は裸の現実をいきなり考えることはできない。これが現実であると言って、試験管の中の物質のように百パーセント純粋の現実を取り出して提示することはできない。それに、ものや現実という概念そのものがすでにことばや夢でつくり上げられている。換言すれば、ものや現実を考えることができるのはすでにことばや夢があるからである。(12)

したがって、自分と他人のことに話を戻して言えば、自分は他人と出会って初めて本来の自分の動きを提示し、他人も自分と出会って初めて本来の他人の動きを提示する。この出会いという橋がかかると同時に自分が存在し、他人が存在し始めるのである。そして、この橋の存在こそが重要なのであって、この橋を一方が渡り切って他方に合流してしまうことはない。言ってみれば、この橋は渡り切れない橋なのである。(13)

ここで、「詩作品は欲望にとどまる欲望が実現された愛である」(14)という有名なルネ・シャールの詩句を思い起こそう。この詩句で、詩作品は愛であるとうたわれているが、この愛は我々の比喩で言えば橋に相当する。そして、欲望は、その橋の両側の岸辺としての自分と他人に相当する。しかも、欲望は「欲望にとどまる」とうたわれているが、それは、たとえ出会いがあっても自分はあくまでも自分であり、他人はあくまでも他人であるという動きが存続することを暗示しているかのようである。自分が他人と合一することで自分が自分でなくなり、他人が他人でなくなることはありえない。したがって、橋なり、愛なりは、二つのものの間をつなぐと同時に、その二つのものが合一することのないように二つのものを隔てる動きをも提示しているのである。(15)

ルネ・シャールの詩集『憤怒と神秘』の特徴の一つとして見做すことのできる2の動きは、こうして、うたわれるレジスタンスの現実とそれをうたうことばとの間の緊張関係を読者に生き生きと感得させてくれる。ことばは現実のものを求め、それに到達しようとする限りにおいてことばであり、また逆に、現実のものもことばの内に定着

されることを求め、それに到達しようとする限りにおいて現実のものなのである。(16)

さて、これから『憤怒と神秘』の中に垣間見られる2の動きがどんな様相の下にうたわれているのかを観察しよう。そのために本章ではまさに2という言葉が使用されている詩句をいくつか選んで具体的な考察の対象にする。何故なら、2という言葉は『憤怒と神秘』全体で二十四回使用されていて、この頻度が、3の七回、4の三回に比較して意味のある高さを提示しているからである。(17)

分かり合えない

かくも黒い戦いの間　かくも黒い不動の間に、恐怖が私の王国の眼をくらませ、私は　収穫の翼をつけたライオンからアネモネの冷たい叫びにまで立ち昇った。私は　一人一人が鎖の奇形のただ中にいる世界にやって来た。私たち二人ともが自由をよそおっていた。私は　両立可能な教訓《モラル》から非難の余地なき救助を引き出した。消え去りたいという渇きにさからい、私は　期待や勇敢な信念を惜しまなかった。諦めもせず。

NE S'ENTEND PAS

Au cours de la lutte si noire et de l'immobilité si noire, la terreur aveuglant mon royaume, je m'élevai des lions ailés de la moisson jusqu'au cri froid de l'anémone. Je vins au monde dans la difformité des chaînes de chaque être. Nous nous faisions libres tous *deux*. Je tirai d'une morale compatible les secours irréprochables. Malgré la soif de disparaître, je fus prodigue dans l'attente, la foi vaillante. Sans renoncer.[18]

この詩からどんなことが読み取れるであろうか。そして、特に、「私たち二人」とは誰と誰のことであろうか。まず考えられることは、この作品において、詩人ルネ・シャールがアレクサンドルという名前のレジスタンスの闘士として生まれ出た、その動きがうたわれているということである。それまでのルネ・シャールは、シュールレアリストたちとの交友を通して文学活動に専念していた。その彼がナチス・ドイツのフランス侵入を契機にして銃を取り、レジスタンスの仲間たちのリーダーになって行くのである。その時、ルネ・シャールの内に二人の人間が棲み始める。一人は詩人、もう一人はレジスタンスの闘士。この詩作品での「私たち二人」とは、したがって、この二人をうたっていると解釈することができる。

この二人は全く違う人間であると言えよう。一人はことばを発し、もう一人は黙り続けるために、この二人が理解し合うことは極めて困難なことに思われる。この詩の題名«NE S'ENTEND PAS»は、「勿論」を意味する«s'entend»の否定形であると見做されうると同時に、二人の人物の相互理解の不可能性、少なくとも極度の困難さを表明しているのでもあろう。そして、この困難さの内に、まさに、2の動きを認めることができる。すなわち、完全な相互理解をしていると見做す二人がいるとすれば、その二人は、ある意味で二人ではなくなってしまう。二人であるためには、先ほどから述べてきているように、引きつけ合うと同時に反発し合う動きが必要なのである。ここでの二人は、相互理解の困難さにもかかわらず、そうした関係を保ち続けようとする。そして、二人の内のどちらが主体の位置に立つかを言うことができないために、それが主語のない題名となって表明されることになるのだ。
ともあれ、詩人ルネ・シャールは、レジスタンスという詩作にとって困難な状況に置かれようとも、うたをうたうことを諦めることはできない。逆に、レジスタンスの闘士アレクサンドルは、詩人ルネ・シャールがそれまで詩作に当てていた時間を自分の活動に捧げることを要求するのである。[19]
ここで、「収穫の翼をつけたライオンからアネモネの冷たい叫び」という詩句に一つの解釈をほどこしておこう。これはどんな意味を持ちうるのだろうか。直前に述べたことに連関させて解釈すれば、それは、詩人ルネ・シャールがレジスタンスに参加するまではことばが熟成するまで十分に時間をかけてうたっていたうたが、「収穫の翼をつけたライオン」で表現され、レジスタンスの闇の中でほんのわずかな瞬間迸り出たうたが「アネモネの冷たい叫び」で表現されていることになる。何故なら、レジスタンスに参加するまでの詩人にとって、うたが唯一の価値あるもの、言わば全能のものであったとすれば、参加以後のうたはアネモネの色が象徴する血ぬられた闘争から引き出される叫び、あるいは、やはりアネモネが象徴する風の動きにも似た一瞬の叫びになるからである。[20]
今度は、言わばことばの外側から2の動きを観察してみよう。2のリズムが見出される箇所を具体的に列挙してみる。（なお、リズム面での2の動きの考察は他の作品にも適用できるがこの作品だけに限って行なう。）
まず、この作品全体の文章構造に観察される2のリズム。

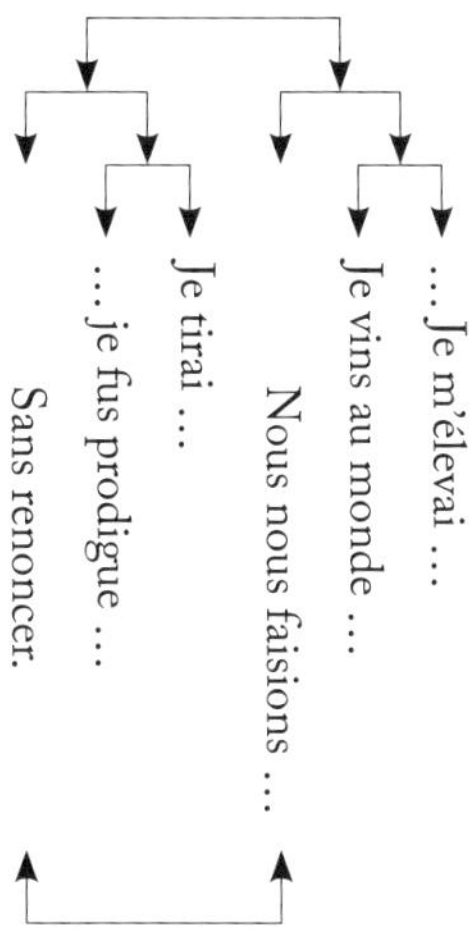

次に細部に観察される2のリズム。

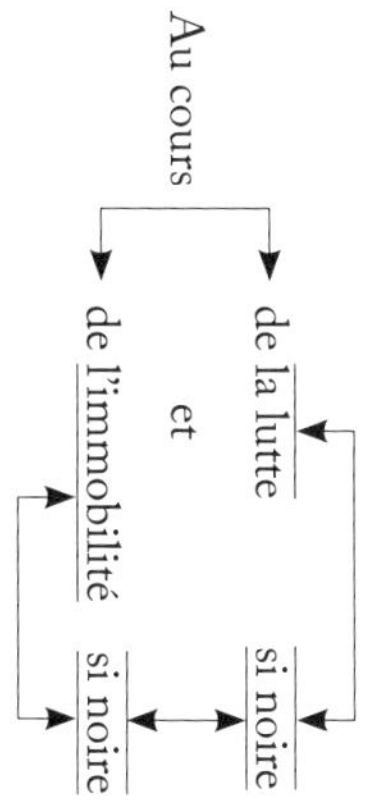

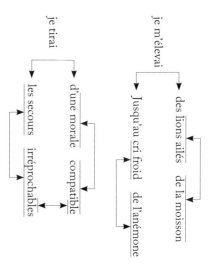

je m'élevai

des lions ailés　de la moisson

Jusqu'au cri froid　de l'anémone

je tirai

d'une morale　compatible

les secours　irréprochables

最後に、音の面において顕著に観察される2のリズム。

… dans l'attente, la foi vaillante. Sans renoncer.

こうして、ルネ・シャールの『憤怒と神秘』の詩作品を構成することばの意味の面だけではなく、その構造や音の面においても2の動きを認めることができる。これは、2の動きが、前述したように、レジスタンスという闇から迸り出るほんの一瞬の雷光としての詩のリズムとして最もふさわしいものであると、ルネ・シャール（の無意識）が感得していたためかもしれない。

他の詩作品における2の動きの観察を続けよう。

二種類の可能を認めること、昼の可能と禁じられた可能。できるなら、前者を後者の対等物にすること、理解可能な最高度にある魅惑的な不可能の王道にそれらをのせること。

Reconnaître *deux* sortes de possible : le possible *diurne* et le possible *prohibé*. Rendre, s'il se peut, le premier l'égal du second ; les mettre sur la voie royale du fascinant impossible, degré le plus haut du compréhensible.(21)

ここでも、まず問われるべきことは、何故2なのかということである。1でもなく、3でもない、まさに2であるとはルネ・シャールにとってそれが必要にして十分な数字＝動きであるからであろう。

ただ一つ奇妙なことは、普通、「昼」に対比されるのは「夜」であるのに、それがここでは「禁じられた」になっていることである。これを理解するには、やはり、レジスタンスのことを考えなければならない。その時、「昼の可能」とはナチス・ドイツに占領された地域において許された行為、行動を意味するであろう。そして、逆に「禁じられた可能」とは地下やマキ（山岳地帯）で人目につかず隠れて行なう抵抗活動を指すのであろう。ルネ・シャールは、禁じられた抵抗活動の真実が行く行くは昼の時空にも見出されるように希望しているのである。

この詩作品は、また、レジスタンスのことだけではなく、詩作活動のことを同時にうたってもいると解釈できる。すなわち、詩人がうたをうたうのはある意味で一つの創造行為であるために、それは人間の分を超える禁じられたものと見做されうるのである。詩人は、自分の思った通りにうたが自由にうたえるのではない。むしろ、詩人がうたいたいうたと、実際にうたわれるうたとの間には隔たりがある。詩人の願いは、したがって、その隔たりをできる限り小さなものにして、うたうことのできるぎりぎりの高みにまで昇り行くことである。こうして、ルネ・シャールの『憤怒と神秘』はその読みの次元においても、レジスタンスと詩作活動という二つの層の動きがあって、それが2の動きに強く結びついていることが感得されるのである。(22)

詩人には二つの時期がある、詩が、何から何まで、つらくあたる時期と、詩が狂ったように抱かれるままになる時期である。だが　いずれの時期も　どちらだと完全に決められているわけでもない。それに後者が最高ではないのだ。

Il y a *deux* âges pour le poète : l'âge durant lequel la poésie, à tous égards, le maltraite, et celui où elle se laisse follement embrasser. Mais aucun n'est entièrement défini. Et le second n'est pas souverain.(23)

ここでの2も互いに相対立するものを表現している。ルネ・シャールにとって、真の調和が出現するためには相対立するものの出会いという2の動きが必要不可欠のものになっている。この詩は、詩人と詩作品との関係を極めて直截な形でうたっている。詩作品がなかなかうたえない時期と、詩作品がやすやすとうたえてしまう時期という二つの時期があるが、この二つともが必要であることが理解される。しかも、ここで使用されている動詞、« maltraiter »、« se laisser embrasser » は詩作品を女に喩えてもいる。女が男につらくあたる時期と、女が簡単に言いなりになる時期とである。この二つの時期はさらに、それを（順序が逆になるが）、詩作活動に全時間を費やすことのできる時期とレジスタンスにそのほとんどを捧げざるを得ない時期という具合に解釈できるかもしれない。
いずれにしても、一方は他方から完全に切り離されて存在する訳でもなく、一方があって初めて他方がある以上、つれない時期は実りある時期をすでに準備するものであり、逆に、実りある時期はすでにつれない時期の始まりでもあろう。対立の背後に調和を読み取るこの動きの内に、ルネ・シャールが「二つの功績に(24)」と名づけたヘラクレイトスやジョルジュ・ドゥ・ラ・トゥールの考え方、感じ方の共鳴を感得してもいいかもしれない。

雌狐よ、私の膝に頭をもたせかけるがいい。私は幸せではない　でもお前がいてくれるだけでいいんだ。手燭よ　流星よ、もう大地には塞《ふさぎ》の虫も未来もない。お前の呟きを、ミントとローズマリーの栖《すみか》を、赤茶けた秋とお前の軽やかなドレスの間にかわされた内緒話を　黄昏の歩みが明かしてくれる。お前は　懐の深い山、粘土の唇の下で黙した岩々の山の魂だ。お前の鼻翼がふるえるように。お前の手が山道を遮り　木々の帳を引き寄せてくれるように。雌狐よ、二つの星、凍結と風を前に　私は貪婪な孤独に勝利する一本の薊《あざみ》のために、崩壊したあらゆる希望をお前に托そう。

Ma renarde, pose ta tête sur mes genoux. Je ne suis pas heureux et pourtant tu suffis. Bougeoir ou météore, il n'est plus de cœur gros ni d'avenir sur terre. Les marches du crépuscule révèlent ton murmure, gîte de menthe et de romarin, confidence échangée entre les rousseurs de l'automne et ta robe légère. Tu es l'âme de la montagne aux flancs profonds, aux rochers tues derrière des lèvres d'argile. Que les ailes de ton nez frémissent. Que ta main ferme le sentier et rapproche le rideau des arbres. Ma renarde, en présence des *deux* astres, le gel et le vent, je place en toi toutes les espérances éboulées, pour un chardon victorieux de la rapace solitude.(25)

これは、「イプノスの手帖」二百二十二番目のうたである。このうたで、「私」は、山の中で出会った、互いに矛盾する性格を象徴的に付与された雌狐に、[26]レジスタンスのために耐えざるを得なかったあらゆる苦しみや悲しみを打ち明ける。ここでの2は星と結びついて用いられているが、この星が今度は「凍結と風」に言い換えられている。確かに、「凍結と風」は一方は固体で不動を象徴し、もう一方が気体で動きそのものを象徴しているという具合に相対立している。しかし、不思議なのは、それらが「二つの星」としてうたわれていることである。凍結にしても、風にしても、そのままでは星ではないであろう。考えられる解釈は、星が完璧な行動を象徴している[27]ことに着目して、その完璧な二つの行動の様式としての不動と動きを「凍結と風」が象徴しているとすることである。レジスタンスを遂行するためには、敵に姿を見られることなくとどまり、同時に動かなければならない。そのためには、この相反する二つの行動様式が必要にして十分な様式となるのである。

そして、薊は、外界のさまざまな敵からだけではなく、「私」自身のエゴイスティックな孤独からも「私」を守るものとして[28]、山の中にひとり咲く。しかも、その花の形そのものが星の輝きをも喚起していて直前の二つの星と呼応し合っているのである。

もちろん、ここでも「雌狐」をミューズにたとえ、「凍結と風」を詩作品を構成することばの極めて物質的なところと、霊感にも似た非物質的なところにたとえるという解釈を与えることもできる。詩作品は、常に多層的な読解を可能にするのである。

次は一九四五年以降に作られた「粉砕された死」の冒頭に置かれた「三姉妹」のIIを引用する。

第二の姉妹が叫んで　周囲の蜜蜂と／朱色の菩提樹から抜け出す。／彼女は風の吹き続ける日、／争いの青い賽《さい》に、微笑む監視人に　なる／その時彼女の竪琴が声高に言う、「私の望むままに、なるだろう。」

口を噤む時だ／未来が渇望する櫓《やぐら》に／なる時だ。

自己の狩人がその脆い家を逃れる、／彼の獲物は　もうこわがりもせず　彼の後を追う。

彼らの明かるさはかくも高く、彼らの健康はかくも新しいため、／何も表明することなく立ち去るこの二人は／長い灰の猿ぐつわから白い森へと／〔三〕姉妹の元に連れ戻されるのを感じないのだ。

La seconde crie et s'évade / De l'abeille ambiante et du tilleul vermeil. / Elle est un jour de vent perpétuel, / Le dé bleu du combat, le guetteur qui sourit / Quand sa lyre profère : « Ce que je veux, sera. »

C'est l'heure de se taire / De devenir la tour / Que l'avenir convoite.

Le chasseur de soi fuit sa maison fragile : / Son gibier le suit n'ayant plus peur.

Leur clarté est si haute, leur santé si nouvelle, / Que ces *deux* qui s'en vont sans rien signifier / Ne sentent pas les sœurs les ramener à elles / D'un long bâillon de cendre aux forêts blanches.[29]

ここでの２も、狩人とその獲物という具合に、相対立するものをうたうのに用いられている。それにしても、解釈の難しい詩である。おそらくは、ナチス・ドイツに協力したフランス人が「自己の狩人」とうたわれ、その「獲物」としてレジスタンスの闘士たちがうたわれているのであろう。しかし、注意しなければならないのは、この両者が単数でうたわれていることである。戦争が終わった現在、集団という形でしか動けなかった人間は、今や、個人という形で、一人一人の責任という形で行動することができるのである。

そして、ここでうたわれている三姉妹とは、人間の生死、運命を司るパルカの女神たちを指していて、[30] 彼女たちが「長い灰の猿ぐつわから白い森」へと人間を連れ戻すとは、戦争という異常事態ではなく、人間本来の動きができる時空に人間を連れ戻すという具合に解釈すべきかもしれない。その時、「灰」から「白」への変化は、不自由さを余儀なくされた混迷の時代から真新らしいもう一つの生命の時代への変化でもあろう。

ポール・ヴェーヌは、「第二の姉妹」を詩人に霊感をもたらす燕に結びつけて、詩作品の生誕失敗の動きがこの作品でうたわれているとする解釈を行なっている。[31] これも、多層的な読解の例であろう。

最後の引用をする。これは、すぐ前に引用したのと同じ「三姉妹」のⅢを構成する詩である。

お前の肩にのったその子供は／お前の幸運であり　お前の重荷だ。／洋蘭の燃える大地よ、／あなたのせいでその子がうんざりすることのないようにしておくれ。

花と辺境のままでいておくれ、／マナと蛇のままでいておくれ、／妄想が取り集めるものは／やがて隠れ家を見捨てるのだ。

死んで行くのだ　単独の眼／と暴くことばは。／鏡を這う傷が／二つの陋屋のあるじなのだ。

荒々しいその肩がかすかに開かれる、／何も言わないようだ　火山は。／オリーブの木が光り輝く大地よ、／すべてが移り行き　消え失せて行く。

Cet enfant sur ton épaule / Est ta chance et ton fardeau. / Terre en quoi l'orchidée brûle, / Ne le fatiguez pas de vous.

Restez fleur et frontière, / Restez manne et serpent ; / Ce que la chimère accumule / Bientôt délaisse le refuge.

Meurent les yeux singuliers / Et la parole qui découvre. / La plaie qui rampe au miroir / Est maîtresse des *deux* bouges.

Violente l'épaule s'entrouvre ; / Muet apparaît le volcan. / Terre sur quoi l'olivier brille, / Tout s'évanouit en passage.(32)

この作品でも、直前に引用した作品と同じように、対独協力者が戦争状況の逆転によって、あるいは殺され、あるいは裁判にかけられて消え去って行く情景と、それを嘆く詩人の心の動きがうたわれている。そして、ここでの2も、やはり、敵対する者同士としての対独協力者と、レジスタンスの闘士とが棲んでいた空間を指している。それまでは、裏切りや密告といった対独協力者がしていたことを、今度は逆にレジスタンスの闘士が繰り返すのである。こうして、まるで鏡に写してみるかのような人間の卑劣な行動からは、双方に傷だけしか残らないのである。ルネ・シャールは、実際、このような復讐にも似た仕打ちに耐えることができず、レジスタンスの仲間たちから離れて行くのである[33]。

また、この作品についても、ポール・ヴェーヌは、それを詩作品の生誕とそれに続く消滅をうたったものだとする解釈を提示している[34]ことを付言しておこう。

ともあれ、このレジスタンスという試練の終了と同時に、それを支えとして来た『憤怒と神秘』も終わりを告げることになる。


以上、『憤怒と神秘』に観察される2の動きを、実際にそこで使用されている2という言葉を中心に考察して来た。本章の結論として言えることは、ルネ・シャールのこの詩集がそこでうたわれている、レジスタンスの動きと詩作品の動きというすでに多層的な事柄の面だけではなく、それをうたうことばそのものの組み立てについても、相対立するものの出会いがもたらす必要十分な動きとしての2の強い動きを提示していることである。それは、2の動きがこのレジスタンスの時期、ルネ・シャールのうたが採ることのできた最適のリズムだったからであろう。

注

（1） René Char, *Fureur et mystère* dans *Œuvres complètes*, Bibliothèque de la Pléiade, Gallimard, 1983, pp. 125–278.
（2） Pierre Citron, *Giono 1895–1971*, Seuil, 1990, pp. 60–90.
（3） Christine Dupouy, *René Char*, Pierre Belfond, 1987, pp. 292–298.
Jean Pénard, *rencontres avec rené char*, josé corti, 1991, p. 96.
（4） Jean-Claude Mathieu, *La poésie de René Char ou le sel de la splendeur II*, José Corti, 1985, pp. 142–165.

（5）Jean Dubois, René Lagane, Georges Niobey, Didier Casalis, Jacqueline Casalis et Henri Meschonnic, *Dictionnaire du français contemporain*, Larousse, 1971, p. 547.

（6）*Ibid.*, p. 760.

（7）*Ibid.*, p. 760.

（8）原題は次の通りである。*Seuls demeurent, Feuillets d'Hypnos, Les loyaux adversaires, Le Poème pulvérisé, La fontaine narrative.*

（9）Jean Chevalier et Alain gheerbrant, *Dictionnaire des symboles*, Robert Laffont / Jupiter, 1982, p. 984.

（10）*Ibid.*, p. 972.

（11）*Ibid.*, pp. 350–351.

なお、スタロビンスキーは、シャールの詩作品が提示する現在性について次のように述べている。

「詩作品の偉大な錬金術とは、所有されることも名づけられることもないものとの周到な関係を、絶対の隔たりの内に告知されて身を隠すものとの周到な関係を、言語（langage）の現在の内に、ことば（parole）の現実の動きの内に引き入れることにあるのだ。」(Jean Starobinski, « René Char et la définition du poème » in *Liberté*, Nº 58, juillet 1968, p. 14.)

（12）ボヌフォアは、詩句と現実との微妙な関係を次のように述べている。

「詩句とは、私たちがそれによらなければ把握できない現実との唯一の接触、言ってみれば触知可能な現実との唯一の接触として存在する語の、彼方に向けられた人差し指なのである。」(Yves Bonnefoy, *Entretiens sur la poésie*, Mercure de France, 1990, p. 264.)

（13）自分と他人という二つのものの出会いとその関係については次の箇所を参照。

小林秀雄「Xへの手紙」『小林秀雄全集』第二巻所収、新潮社、一九七八年、九一頁。

Yves Bonnefoy, *op. cit.*, p. 198 et p. 202.

Samuel Beckett, *Proust*, traduit par Edith Fournier, Minuit, 1990, p. 86.

Marc Petit, "Préface" à Georg Trakl, *Crépuscule et déclin*, Poésie/Gallimard, 1990. pp. 21–22.

（14）René Char, *Fureur et mystère* dans *Œuvres complètes*, *op. cit.*, p. 162.

（15）九鬼周造の「偶然性」について述べる坂部恵の次の箇所を参照。

坂部恵『不在の歌』ＴＢＳブリタニカ、一九九〇年、一六一－一六二頁。

（16）詩作品におけるものと言葉との関係については次の箇所を参照。

Yves Bonnefoy, *op. cit.*, p. 295.
Claude Lévesque, *L'étrangeté du texte, 10/18*, 1978, p. 264.

（17）ちなみにIは、そのほとんどが不定冠詞としての用法であるが、四百三十八回使用されている。なお、使用語彙の頻度とテーマとの関係については、次の箇所を参照。
Léo Spitzer, *Études de style*, Gallimard, coll. *tel*, 1988, p. 98.

（18）René Char, *Fureur et mystère* dans *Œuvres complètes*, *op. cit.*, p. 142.（傍点および原文の強調、引用者）

（19）この作品の解釈について次の箇所を参照。
Jean-Claude Mathieu, *op. cit.*, pp. 144-145.

（20）Jean Chevalier et Alain Gheerbrant, *op. cit.*, p. 43.

（21）René Char, *Fureur et mystère* dans *Œuvres complètes*, *op. cit.*, p. 167.（「二」の傍点および原文（deux）の強調、引用者）

（22）このことに関して次の箇所を参照。
Paul Veyne, *René Char en ses poèmes*, Gallimard, 1990, pp. 193-194.

（23）René Char, *Fureur et mystère* dans *Œuvres complètes*, *op. cit.*, p. 223.（傍点および原文の強調、引用者）

（24）*Ibid.*, p. 157.（傍点、引用者）和訳を引用する。
「〈二つの功績に。〉――ヘラクレイトス、ジョルジュ・ドゥ・ラ・トゥール、私はあなたがたに感謝する　私の単独の肉体の襞の外に　首尾一貫しない人間の状況という罠を、長いこと押し出してくれたことを、男の顔の眼差しのままに　女の衣服を脱がされた環を回してくれたことを、私の崩壊をしなやかで認知できるものにしてくれたことを、どうしても必要な光のこうした際限のない結実の王冠に　あなたがたの力を費やしてくれたことを、告知された伝統、見せかけ、細密画を通して現実に逆らう行動に力を費やしてくれたことを。」
なお、「二つの功績に」をめぐるルネ・シャールとヘラクレイトスおよびジョルジュ・ドゥ・ラ・トゥールとの関係については、次の箇所を参照。
Paul Veyne, *op. cit.*, p. 315.
Christine Dupouy, *op. cit.*, p. 120.
Philippe Castellin, *René Char, traces*, Les Editeurs Evidant, 1989, p. 181.

（25）René Char, *Fureur et mystère* dans *Œuvres complètes*, *op. cit.*, p. 229.（傍点および原文の強調、引用者）
（26）Jean Chevalier et Alain Gheerbrant, *op. cit.*, p. 805.
（27）*Ibid.*, p. 80.
（28）*Ibid.*, p. 211.
（29）René Char, *Fureur et mystère* dans *Œuvres complètes*, *op. cit.*, p. 250.（傍点および原文の強調、引用者）
（30）René Char, *Notes* dans *Œuvres complètes*, *op. cit.*, p. 1247.
（31）Paul Veyne, *op. cit.*, pp. 267–274.
（32）René Char, *Fureur et mystère* dans *Œuvres complètes*, *op. cit.*, pp. 250–251.（傍点および原文の強調、引用者）
（33）Christine Dupouy, *op. cit.*, pp. 297–298.
（34）Paul Veyne, *op. cit.*, pp. 275–276.

第五章　ルネ・シャールの「鮫と鷗」

詩に立ち向かうとは、一つの謎、人生の謎にも似た生命の神秘に立ち会うことである。つまり、そこには、一つの読みの内に決して解消されることのないさまざまな読みが読者を待ち受けている。特にルネ・シャールのような、ことばを極度に凝縮した詩人の作品を前にするとき、読者のとまどいは限りなく大きい。

本章では、『憤怒と神秘』に収められた「鮫と鷗」と題された作品、鮫と鷗の出会いが象徴するかもしれない黒と白、死と生、夜と昼、危険と安全[1]、不動と動、深みと高み、絶望と希望、眠りと目覚め、無意識と意識、男と女、水と大気、閉鎖と開放、怒りと祈りそして憤怒と神秘という、ありとあらゆる対照を想起させる二つのものの出会いと断絶とが、それでも三位一体を思わせる三和音の調べの内に（あるいは、弁証法という開かれた世界を目指して）うたわれている一篇を取り上げて、ルネ・シャールの詩作品の特徴の一端に触れてみたいと思う。

本章が目指すのは、「鮫と鷗」という作品が生まれるきっかけ、あるいは背景となっているかもしれない事柄を探究することである。この作業は、「鮫と鷗」という完成したことばの作品を、その出発点に（あるいは、その出発点で）あったかもしれない現実の枠組みの中に引き戻すという外観を提示するであろう。詩人が目指すのは、ことばを通して、しかもことばの場で、まさにそうした現実の枠組みからはみ出すことである。とすれば、本章が行なおうとしていることは、詩の本来の動きに逆行すること、さらにはそれを殺すことになりはしないだろうか。

しかし、少し考えれば分かることであるが、たとえ詩とはいっても、その出発点にはいつも現実の動きがある。全く現実から切り離されたところに詩は生まれようがないのである。事実、ルネ・シャールは「詩作品は欲望にとどまる欲望が実現された愛である」(2)とうたっている。ここで「欲望」とうたわれているのが、枠組みとしての現実に結びつくのは言うまでもない。欲望はうたわれることで欲望であることをやめるわけではない。欲望のままにとどまる。同じように、現実はうたわれることで現実であることをやめるわけではない。むしろ、ことばを通して、しかもことばの場で、その出発点に（あるいは、その出発点で）あった現実は、逆に、深みを増し、高みに達した姿で浮かび上がる。

現実はこうして、ことばと出会うことで、ことばに写し取られることで、一瞬一瞬に生起し消滅する現実、とらえようもなく流れ続ける現在としての言わば水平方向の現実から、垂直方向にのびるもう一つの現実へと、生まれ変わるのである。それでも、水平方向の出発点としての現実は消えることなく、垂直方向のもう一つの現実、うたわれた現実と対峙し続ける。

だが、注意しなければならないのは、出発点とは言っても、現在としての現実が先にあって、詩作品がその後にやって来るという具合に事が運ばないことだ。モーリス・ブランショは詩人よりも詩の方が先行すると言っている(3)が、詩そのものに関して言えば、現在としての現実、うたのことば、もう一つの現実という三つのものは、同時に生まれて三位一体を形成する。つまり、現在としての現実も、うたということばと出会うことを通してもう一つの現実と対峙することがなければ、ある意味において存在しないのである。

こうして、本章が目指す「鮫と鷗」が生まれるきっかけ、あるいは背景となっていたかもしれない事柄を探究するという作業は、それだけを切り離して探究するというわけではなく、それと同時に、ルネ・シャールのうたのことば、そして、もう一つの現実をも探究することでもある。
まず、詩を引用する。

鮫と鷗

私はついに三和音の調べの海を見る、鎌で不条理な苦痛の王朝を断ち切る海を、荒涼とひろがる鳥小屋を、昼顔に似てすぐに信じる海を。

私は法を停止した、私は道徳を跨ぎ越した、私は心を縛りとめた、と私が言うとき、それは　この空無の秤を前にして自分を正しいと認めるためではない　空無の秤のざわめきが私の確信の彼方にまでその棕櫚の葉をひろげている。たしかにここまで私がいかに生き　行動するのかを見たものは何もまわりに姿を見せない。私の肩はよくまどろむことができるのだし、私の若さは駆けつけることができる。このようにして　いきなりの力ある豊かさを引き出すべきなのだ。こうして、一年の内には清澄の一日というものがある、海の泡の中に驚異の回廊をうがつ一日がある、真昼に王冠を授けるように眼の高さにのぼる一日がある。昨日　高貴さには誰もよりつかなかった、小枝はその芽から離れていた。鮫と鷗はつながっていなかった。

おお〈あなた〉、磨きたてるこの岸辺の虹よ、どうか船をその希望に近づけてほしい。朝まだきの重苦しさによろめく人たちにとって　考えられるどの終わりもそれが真新しい無垢であり、熱っぽい前進であるようにしてほしい。

LE REQUIN ET LA MOUETTE

Je vois enfin la mer dans sa triple harmonie, la mer qui tranche de son croissant la dynastie des douleurs absurdes, la grande volière sauvage, la mer crédule comme un liseron.

Quand je dis : *j'ai levé la loi, j'ai franchi la morale, j'ai maillé le cœur*, ce n'est pas pour me donner raison devant ce pèse-néant dont la rumeur étend sa palme au delà de ma persuasion. Mais rien de ce qui m'a vu vivre et agir jusqu'ici n'est témoin alentour. Mon épaule peut bien sommeiller, ma jeunesse accourir. C'est de cela seul qu'il faut tirer richesse immédiate et opérante. Ainsi, il y a un jour de pur dans l'année, un jour qui creuse sa galerie merveilleuse dans l'écume de la mer, un jour qui monte aux yeux pour couronner midi. Hier la noblesse était déserte, le rameau était distant de ses bourgeons. Le requin et la mouette ne communiquaient pas.

Ô Vous, arc-en-ciel de ce rivage polisseur, approchez le navire de son espérance. Faites que toute fin supposée soit une neuve innocence, un fiévreux en-avant pour ceux qui trébuchent dans la matinale lourdeur.(4)

すぐに分かることは、「鮫と鷗」が三つの段落から成り、それぞれの段落も主に三つのグループから成ることばによって構成されていることである。まさにこの詩篇冒頭の「三和音の調べ」そのものが詩篇全体を支配している。

「鮫と鷗」は、マチスのデッサンを伴って一九四六年の『カイエ・ダール』に発表された(5)。ポール・ヴェーヌは、「鮫と鷗」の象徴的な意味について述べながら、ルネ・シャールのことばを伝えている。

昨日は、彼はまだエクリチュールの苦悶の虜、さらにはもっと悪いもの、すなわち霊感の空白の虜になっていた。気高い小枝には花々と未来の果実の前兆さえもなかった。最初の霊感のどんな揺れも、あの収穫のライオン、あの鬼、あの鮫である詩人の精神をよぎりにこなかった。鷗は天上のお告げを彼に伝えようとしてくれなかったのだ。鮫と鷗が見られるマチスの一枚のデッサンが、この詩の挿絵になったことは知られているが、ルネはこう語っている。「あなたがたにはなかなか信じてもらえないだろうが、マチスと私は別々にこの二つのものの結婚を想像したんだよ。これは誓ってもよい。私がマチスに自分の詩を読ませたとき、彼は書類のなかを探しに行って、そのデッサンを取り出したのだが、それは彼が四十年まえタヒチに滞在していたころに描いたものだった」[6]。

ここには、まさに偶然の一致、(ポール・ヴェーヌに従えば)アンドレ・ブルトンなら「客観的な偶然」と言ったかもしれない出会い、ルネ・シャール自身なら「〈偉大な現実〉」に由来する「奇跡」を想定するような出会いが観察される[7]。

ところで、この題名、「鮫と鷗」とは何であろうか。

ポール・ヴェーヌは先の引用文にあるように、それを、いつまでもやってこようとしない霊感を待ちつつエクリチュールに苦悶する詩人の精神(鮫)と、天上のお告げとしての霊感(鷗)と解釈している。

そして西永良成氏もポール・ヴェーヌの解釈にならって次のように言う。「容赦なく『モデルを殺す』残忍な詩人=鮫と、なにかのお告げのようにときどき詩の着想をもたらすやさしい天上の使者=鷗」[8]

また、ライナー・シュールマンはこの鮫と鷗の象徴的な意味については述べず、単に次のように言う。「鷗は常に出発しようとしている、それは垂直方向の飛翔である。鮫は深みの中に身を置く、重力こそが彼の隠れがとなる。この二つのものがつながるとは虹が、光と水滴の結実である虹が、出現することなのだ」[9]

そして、ジャン＝ピエール・リシャールは、「鮫と鷗」を反乱と従順という海の二つのあり方と結びつけつつ、それが真実の出会いそのものではなく、ただ願望された出会いをうたっているとした上で、その願望された出会いについて次のように言う。「その出会いが本当に生じるためには、海、『荒涼とひろがる鳥小屋』、勝利を勝ちうるこの反乱の場所が、同時に、『昼顔に似てすぐに信じる海』、やさしくて素直な同意の場であるためには、鮫と鷗との結婚が、想像が向かうべき二つの大きな方向の結合が、必要となるだろう。そのとき二つのものの結合がシャールの詩的計画を構成することになる[10]」

この「鮫と鷗」という詩作品に何を読み取るのかは、読者それぞれの課題であろうが、ポール・ヴェーヌと西永良成氏は、そこに、詩作品を創ろうとして苦しむ詩人（鮫）と、その詩人をごくまれに訪れる霊感（鷗）との出会いの動きを主に読み取っている[11]。

また、ライナー・シュールマンは、持続と瞬間、重力と侵犯、どっしりと落ち着いた水平性と垂直方向への飛翔という二つの動きの出会いの力学をルネ・シャールの詩の根源にあるものとして解釈している[12]。

そして、ジャン＝ピエール・リシャールは、「楽観する不安」とでも形容される、祈りのような不確実のあらわれの内にこそ、断言された自信よりもはるかに真実ではるかに心動かすルネ・シャールの魅力があると考えている[13]。

しかし、本章では、ポール・ヴェーヌも言うように「レジスタンスの思い出がこの詩に影を落としている[14]」という視点から、ポール・ヴェーヌ、西永良成氏、ライナー・シュールマン、ジャン＝ピエール・リシャールとは少し違った読み方をしてみよう。

まず最初の段落をもう一度引用する。

私はついに三和音の調べの海を見る、鎌で不条理な苦痛の王朝を断ち切る海を、荒涼とひろがる鳥小屋を、昼顔に似てすぐに信じる海を。

Je vois enfin la mer dans sa triple harmonie, la mer qui tranche de son croissant la dynastie des douleurs absurdes, la grande volière sauvage, la mer crédule comme un liseron.

この詩がうたわれたのは、一九四六年、ルネ・シャールが一九三九－一九四五年の第二次世界大戦という暗黒の時期に、レジスタンスという地下での闇にまぎれて息詰まるような閉ざされた活動を生きた後でのことだ。その活動においては、自分を考慮することは許されなかった。すべては祖国のため、正義のため、さらには人間のために戦われる。自分のありとあらゆる感情や感動を犠牲にしてである。自分を殺して、闇の世界に閉じこもる。その活動がようやく終わって、自分を取り戻すことができるようになった。自分の生命を生きることができるようになった。マキという林の中での視界の限られた時間、空間から、海という限りがなく果てもないひろがりを眼でとらえることができるようになった。ここでの「ついに（enfin）」ということばの深さと重みとを読者はしっかりと受け止め、味わうことが求められている。

しかも、その海は、三和音の諧調の中にある。過去—現在—未来という時間次元での諧調、うしろ—ここ—まえという水平方向での諧調、天空―水面―深淵という垂直方向での諧調、しかも、それは三つの異なったものの諧調ではなく、まさに一つのものとしての諧調なのだ。

シャールは、この三位一体を思わせる「三和音の諧調」の内実を、しかし、海の三つの様態と結びつけている。それはまず、実にさまざまな不条理の事柄が行なわれていた陸の世界を、人と人が殺しあう、しかも何の意味もなく殺しあうという、自由を奪われた時空を、戦争という不条理な苦痛が支配していた王朝を、入江が形作る三日月形の鎌で断ち切る岸辺としての海である。それは陸と水という二つのものの境界としての海であり、そうした境界にかろうじて存在するかもしれない自由、過去からの解放に結びつく自由を象徴するかのような海である。

そして、くずおれる波が作り出す音の世界、しかも人間のことばとは全く異質な音の世界としての海、何ものにも支配されず、何の命令にも誰の指示にも従わない波の反逆の動きとしての海、過去と未来の間にあって、何の掟にも縛られることなく「荒涼とはしていてものびやかに（sauvage）ひろがる大きな（grande）」現在としての海、希望と結びつくかもしれない海が次にうたわれる。

そして第一段落の最後に、風の吹くままにあちらにゆれこちらにゆれる昼顔のように、あらゆるものをそのまま受け入れて何の不信も抱くことのない陽光に輝く穏やかな沖の海、未来を信じて受け入れる海がうたわれる。

こうした、岸辺、波、水面（水平線）という三つの姿の海の諧調を前にして、戦争が終わって、したがって、レジスタンスが終わって、私は初めて「私」ということばを自由に使用することができるようになったことを確認する。アレクサンドルという名前からルネ・シャールという名前を取り戻すことができるようになった。そのことを、次の段落の冒頭にみられる二つの私（je）、ローマン体の「私（je）」とイタリック体の「私（*je*）」の違いの内に読み取ることができる。第二段落をもう一度引用する。

私は法を停止した、私は道徳を跨ぎ越した、私は心を縛りとめた、と私が言うとき、それは　この空無の秤を前にして自分を正しいと認めるためではない　空無の秤のざわめきが私の確信の彼方にまでその棕櫚の葉をひろげている。たしかにここまで私がいかに生き　行動するのかを見たものは何もまわりに姿を見せない。私の肩はよくまどろむことができるのだし、私の若さは駆けつけることができる。このようにして　いきなりの力ある豊かさを引き出すべきなのだ。こうして、一年の内には清澄の一日というものがある、海の泡の中に驚異の回廊をうがつ一日がある、真昼に王冠を授けるように眼の高さにのぼる一日がある。昨日　高貴さには誰もよりつかなかった、小枝はその芽から離れていた。鮫と鷗はつながっていなかった。

Quand je dis : *j'ai levé la loi, j'ai franchi la morale, j'ai maillé le cœur,* ce n'est pas pour me donner raison devant ce pèse-néant dont la rumeur étend sa palme au delà de ma persuasion. Mais rien de ce qui m'a vu vivre et agir jusqu'ici n'est témoin alentour. Mon épaule peut bien sommeiller, ma jeunesse accourir. C'est de cela seul qu'il faut tirer richesse immédiate et opérante. Ainsi, il y a un jour de pur dans l'année, un jour qui creuse sa galerie merveilleuse dans l'écume de la mer, un jour qui monte aux yeux pour couronner midi. Hier la noblesse était déserte, le rameau était distant de ses bourgeons. Le requin et la mouette ne communiquaient pas.

イタリック体で表現されている箇所は、「私」が、レジスタンスに際して何をしたのかをうたっている。それは戦争時以外ではゆるされるはずのないことであった。つまり、普段の時空を支配する法を取り払うこと、道徳の掟から自由になること、そして自然な感情や素直な感動に身を委ねるやわらかな心を縛りつけることを、「私」はしたのだ。しかもそれは地下運動を遂行するためには不可欠なことであった。

しかし、それは人の心に「空無（néant）」を作り出すことでもあった。人間らしい心の動きをすべて無にしなければ、非情な局面を提示し続ける戦いに直面し、それに勝つことはできない。人間であることを一時期やめることで、この息詰まるような空気の希薄な空間に止まり続けることが必要であった。戦争中の、レジスタンス中の人間は、誰でも普段のやわらかな心を縛りつけなければ、言わば心を空無にしなければ生き延びることが実際にできなかった。この「空無な」心のあり方を、戦争が終わった後で、レジスタンスが終わった後で、判断することにどれだけの意味があるのかをシャールは考える。つまり、戦争中の、レジスタンス中の自分の行動の正否に対して、戦争やレジスタンスのない世界の法や道徳や心情のものさしをそのまま当てはめることができるのかと問う。そうした状況において、どうして自分は正しいとか正しくないとかということが問題になるのかシャールには理解できない。正しさは、そこではあらゆる意味を失う。

こうして、イタリック体の「私」は、レジスタンス中の「私」、アレクサンドルとしての「私」であるとすれば、ローマン体の「私」は、ルネ・シャールという人間に立ち戻った「私」であるということが理解できる。だが、戦争が終わると、レジスタンスを戦った人の中で、ドイツ軍に協力したフランス人を処罰する運動、粛清という名の一種の仕返しの運動が起こる。これはまさに戦争中の、レジスタンス中の「空無な」心を、戦争が終わった後で、レジスタンスが終わった後で裁判の秤にかけることである。シャールはそうした人間の心の醜さに、過去の事柄にいつまでもこだわり続ける人間の心の卑小さに、嫌悪を覚える。

自分がレジスタンスの運動をしたのは、人間としての最低限の尊厳を守るためであって、そうした地獄のような戦争が終わり、レジスタンスが終わった今になって、同じフランス人がフランス人を処罰するという不条理な行為をするためではなかったはずだという、納得のできないシャールがそこにはいる。シャールはレジスタンスが終了した時点で、その活動にこだわることを打ち捨てるのである。

こうして、「空無の秤（pèse-néant）」とは、人間が人間であることを回復することができるようになった戦争後という時点に出現した、フランス人がフランス人を裁くという非人間的な、人間をもう一度虚無に突き落とす、人間をもう一度空無にするような裁判のことであるかのように見える。

そうかもしれないが、次の事実に注意しなければならない。それは、この詩篇で用いられている二つの指示形容詞の存在である。一つがこの「空無の秤」に結びついた«ce»であり、もう一つが第三段落の「岸辺」に結びついた«ce»である。この二つの指示形容詞が結びつく二つの名詞、「空無の秤」と「岸辺」とが強い関係にある二つのものだと見做すことができるとすれば、この「空無の秤」は第三段落の「岸辺」が代表する海の姿を提示することになる(15)。

その時、「私」が戦争中の、レジスタンス中の自分のあり方を告白するのは「空無の秤」としての海ということになる。その海を前にした「私」の告白は、しかし、自分を正当化するためではない。何故なら、海はそうした過去の「私」のあり方の正当化に全く耳を傾けないからである。それどころか、海は第一段落の「鳥小屋（volière）」が喚起する（人間のことばではない）波の音や、第二段落での文字通りの「ざわめき（rumeur）」が喚起する波の音で、「私」の正当化＝「確信（persuasion）」のことばを打ち消すのだ。海はその波の音を、「私の確信」という小さな正当化の試みよりも、はるか遠くにまで押し広げるのである。だからこそ、次の文章の«Mais»は「たしかに」という意味を強く提示することになる。

そして、海はまた、「海抜ゼロメートル」という海面の性格を有していて、そのゼロが「空無」に結びつく。それは、高さと深みとが境を接するゼロであり、過去と未来とが境を接する現在というゼロでもある。

ちなみに、第二段落の動詞の過去時制や「昨日（hier）」に結びつく過去と、第三段落の動詞の接続法や「希望（espérance）」に結びつく未来との間に挟まれて、現在は決して捕まえることができない。こうした現在（一般）のあり方を、アンドレ・コント＝スポンヴィルは「空無（néant）」と言っている。[16] そのとき「空無の秤」は、過去や未来とつながりつつもそれから独立したものとしての現在、さらには、その二つのものからの分離に自由が由来するものとしての現在に身を置き、そこから出発することを「私」に要請するのである。

「私」がやって来た海には、戦争中の、レジスタンス中の自分の生き方や行動を想起させるようなものは何もない。そして、三和音の調べを奏でる海を前にして「私」はレジスタンスという戦争時の生き方や行動をすべて捨て去って身軽になり、「しっかりとまどろむ」という奇妙な眠りの後で、新しい人間として生まれ変わろうとする。そうして初めて、過去へのこだわりのない未来という豊かさ、真実の力ある豊かさを直に味わうことができるようになる。

ところがその「豊かさ（richesse）」には冠詞が用いられていないことを見逃すことはできない。これは「豊かさ」という名詞に「直の」「力ある」という形容詞がついているとしても、名詞としての独立性が希薄であることを意味する。つまり、その「豊かさ」はいかなる限定性も受けつけない、未定の常に自由な「豊かさ」であり、だからこそ「直の」「力ある」という形容詞と真に結びつくのである。

その豊かさは、それでも、常に訪れるものではなく、極めて稀にしか訪れることのない清澄の一日に似ている。地中海の秋から冬にかけてのある一日、ごく稀に、大気が澄んで、透明な空間が出現することがある。シャールはそんな稀有な一日を、一年の内でもあるかないかの一日という時間を、人間に許された豊かさの一つの姿、透き通って何ものにもとらわれない自由の姿としてうたっている。

そして、次にうたわれる一日は、時間というよりもむしろ、海の泡の中に驚異の回廊をうがつように上から下へと垂直方向に降り注ぐ日光の輝きであり、それはポール・ヴェーヌの言う詩人に霊感をもたらす鷗のそれにも似て、希望に結びつく動きなのであろう。

三番目にうたわれる、真昼に王冠を授けるために眼の高さにのぼる一日とは、ポール・ヴァレリーが「海辺の墓地」(17)でうたう、地中海の真昼時の太陽に照らされた海面から逆に太陽の方に昇って行き、永遠と一つになろうとする魂の動きを想起させる。しかし、ルネ・シャールにおいては、照り返しとしてのダイヤモンドにも似た海の耀きは眼の高さよりも上には昇らない。つまり、人間の存在を超えないことに注意しなければならない。それは、日光の輝きという希望に応答しようとする海の耀きの未来への信頼なのでもある。こうして出現する一日という奇跡を、海は「私」に、心置きなく生きるように促すのである。

第二段落の終わりでうたわれている昨日とは、やはりレジスタンスを支配していた非情な時空をうたっているのだろう。高貴さとはおそらく自由とどこかで結びつく動きを提示していて、戦争中は誰一人としてそれを享受することができなかった。また、希望とどこかで結びつく芽というやわらかな心の動きからは、誰もが遠く離れて生きざるを得なかった。

ところで、「小枝」と「棕櫚の葉」を結びつけることで、「枝の主日」との連関を感じ取ることができ、そこに人間として復活する戦争後の、レジスタンス後のシャールのあり方を読み取ることができるかもしれない。そのとき、レジスタンスの時期を非人間的に生きた過去の自分と、戦争後に人間として復活する現在—未来の自分とは、それぞれ、次にうたわれる鮫と鷗とに結びつくことになる。そして、鮫は自由という高貴さに、鷗は希望という芽に結びつく。さらには、鮫という海の中の、むしろ海の底の黒い魚と、鷗という空を飛ぶ白い鳥の組み合わせからは、次のようなことも言えそうである。

鮫は、海面からは見えないものとして、地下運動をしていたシャール自身の過去の現実のあり方を彷彿とさせる。一方、鷗は、地上や海面から離れた大気の中を行き来する存在としての、地下運動を遂行するシャールが夢みたもう一つの現実としての、理想としての、夢としての、詩人のあり方ではないのか。地下運動を遂行するためには、過去の現実のシャールは鮫のように、時には、極めて非情に、残酷にならざるを得なかった。味方の一人、レジスタンスの同志が殺されるのを、しかし、運動全体のことを考えて黙って見ることしか、耐えることしかできなかったこともある。(18)まさに鮫の姿である。しかし、そのときのシャールには、詩のことばという鷗の飛翔にも似た希望の一瞬があって、一年の中の稀有な一日にも似た一瞬があって、それがシャールに絶望の日々を耐えることを可能にさせていた。それでも、この鮫のあり方と、鷗のあり方とはレジスタンスを戦う戦争時のシャールの中では(常態としては)つながっていなかったが、戦争が終わって、レジスタンスが終わって、それが今やつながり始めたことが、この半過去形の動詞(ne communiquaient pas)によって窺える。

とすれば、この詩篇の題名である「鮫と鷗」に対して、次のような強い意味を付与することができる。つまり、鮫がレジスタンスの闘士としてのシャール、アレクサンドルのシャールであるとすれば、鷗は詩人としてのシャールである。ここで、ボードレールが詩人の象徴として「あほうどり」(19)をうたっていたことを思い出してもいい。

また海そのものにも、ルネ・シャールによれば、「地上の一種の空無、荒れて、怒りっぽく、貪婪で、気難しい」という性格があって、それが鮫を彷彿とさせるし、同時に「海抜」という表現に連関して「一つの目安、呼吸の初め、希望の始まり」(20)という性格があって、それが鷗に結びつくかのようである。

おお〈あなた〉、磨きたてるこの岸辺の虹よ、どうか船をその希望に近づけてほしい。朝まだきの重苦しさによろめく人たちにとって　考えられるどの終わりもそれが真新しい無垢であり、熱っぽい前進であるようにしてほしい。

Ô Vous, arc-en-ciel de ce rivage polisseur, approchez le navire de son espérance. Faites que toute fin supposée soit une neuve innocence, un fiévreux en-avant pour ceux qui trébuchent dans la matinale lourdeur.

第三段落のはじめにうたわれる「磨きたてるこの岸辺（ce rivage polisseur）」は、詩篇冒頭の三日月形の「鎌」にたとえられた岸辺に結びついていて、それが過去の暗い影を磨いて振り払ってくれるのである。冒頭では入江の形が水平方向に弧を描いていたのが、ここに来て虹となって垂直方向に弓形を形成する。日本に「天の橋立」という名前をつけられた砂洲が形作る入江の名所があるが、このルネ・シャールの作品にも地上と天上とを結びつける（communiquer）「天のアーチ＝虹（arc-en-ciel）」がうたわれている。この岸辺という虹は、第二段落の終わりでうたわれていた、人間と高貴さ、小枝と芽、そして鮫と鷗という二つのものが、三和音を奏でるべく出会うところに生じる、うた＝奇跡であるかのようだ。このうた＝奇跡の表れとしての詩＝虹[21]に向かって、（大文字で）「〈あなた〉（Vous）」と呼びかける「私」は、人生という航路を進む自分や人々のあり方を船に喩え、さらには第二段落の人間、小枝、鮫を船に喩えて、それが希望に喩えられた高貴さ、芽、鷗に近づけるようにと懇願する。そして、悪夢のような暗黒の戦争やレジスタンスの世界から覚めたばかりの、朝まだきにいる重苦しい心を抱いた自分も含めた人々のことを思って、彼らが、新しい人生を、生命を生きることができるようにと、詩＝虹に懇願する。無垢な心という自由と、前を向いて進むという未来の内に、希望が実現できるようにと懇願するのである。

注

（1）アト・ド・フリース『イメージ・シンボル事典』山下圭一郎ほか訳、大修館書店、一九八四年、三〇二頁、五七二頁。
（2）René Char, *Fureur et mystère* dans *Œuvres complètes*, Bibliothèque de la Pléiade, Gallimard, 1983, p. 162.
（3）Maurice Blanchot, « René Char » dans *La Part du feu*, Gallimard, 1949, p. 106.
（4）René Char, *Fureur et mystère* dans *Œuvres complètes*, *op. cit.*, p. 259.
（5）« Notes » de Tina Jolas in René Char, *op. cit.*, p. 1247.
（6）Paul Veyne, *René Char en ses poèmes*, Gallimard, 1990, p. 264.（『詩におけるルネ・シャール』西永良成訳、法政大学出版局、一九九九年、三六九頁。以下頁数のみ表示する。なお訳の一部を変更した。）
（7）*Ibid.*, p. 264.（三六九頁）
（8）西永良成『激情と神秘　ルネ・シャールの詩と思想』岩波書店、二〇〇六年、一五八頁。
（9）Reiner Schürmann, « Situer René Char : Hölderlin, Heidegger, Char et le ‹ il y a › » in *PO&SIE*, no 119, Belin, 2007, p. 44.
（10）Jean-Pierre Richard, *Onze études sur la poésie moderne*, Seuil, 1964, p. 102.
（11）Paul Veyne, *René Char en ses poèmes*, *op. cit.*, pp. 261–266.（三六五―三七二頁）および、西永良成、前掲書、一五五―一五九頁。
（12）Reiner Schürmann, *op. cit.*, pp. 42–44.
（13）Jean-Pierre Richard, *op. cit.*, pp. 102–103.
（14）Paul Veyne, *René Char en ses poèmes*, *op. cit.*, p. 265.（三七一頁）
（15）*Ibid.*, p. 261.（三六五頁）
（16）André Comte-Sponville, Jean Delumeau et Arlette Farge, *La Plus Belle Histoire du bonheur*, Seuil, « Points », 2004, p. 156.
（17）Paul Valéry, *Charmes* dans *Œuvres I*, Bibliothèque de la Pléiade, Gallimard, 1957, pp. 147–151.
（18）René Char, *Fureur et mystère* dans *Œuvres complètes*, *op. cit.*, p. 208.
（19）Charles Baudelaire, *Les Fleurs du mal* dans *Œuvres I*, Bibliothèque de la Pléiade, Gallimard, 1975, pp. 9–10.
（20）René Char, *Trois coups sous les arbres* dans *Œuvres complètes*, *op. cit.*, p. 898.
（21）René Char, *Fureur et mystère* dans *Œuvres complètes*, *op. cit.*, p. 214.

第六章　イヴ・ボヌフォワの「湾曲する板」

I

イヴ・ボヌフォワが、一九九八年に発表した「湾曲する板 « Les planches courbes »」は、それまでのボヌフォワの詩の世界には見られない極めて平易なことば使いの作品である。それは、ある意味では、弛緩した作品であるという外観を呈している。しかし、詩作品はいくつもの層にわたる読みを要請しているために、その平易な装いの下に深い真理を隠していることを忘れることは許されない。

ところで、二〇〇一年に同じ題を冠した詩集がメルキュール・ドゥ・フランス社から刊行された。そしてこの詩集が、二〇〇六年のバカロレア（大学入学資格試験）の主題として採用されたために、幾冊かの参考書が出版されている。

まず、「湾曲する板」全体を引用する。

男は背が高く、大きく、船の近くの、岸にいた。月の明かりが男の背後の、とうとうと流れる水の上に落ちていた。物音も立てず近づいた子供は、かすかな音がするので、船が動いて、桟橋や石にぶつかるのが分かった。子供は手に小さな銅の硬貨を握り締めていた。

「こんにちは」子供ははきはきと　それでいて震える声で言った、動かずに立っている、大きな男の、注意を引きすぎてしまうのが心配だったからだ。渡し守は、ぼんやりしているように見えても、葦のかげの、子供の姿にはもう気づいていた。「こんにちは、と渡し守は答えた。どこの子だい。

——わかりません、と子供は言った。

——え、わからないって！　名前はないの？」

名前とはどういうものか　子供は理解しようとした。「わかりません」と、もう一度かなり、早口に言った。

「わからないって！　でも、連絡してもらうときや、呼ばれるとき何か聞こえるだろう。

——呼んでくれる人はいません。

——家に帰らなきゃいけないとき呼んでくれる人はいないの？　外で遊んだときや　食事のためとか、眠る時間が来たときにも　誰もいないの？　父さん、母さんはいないの？　家がどこなのか、教えてくれないか」

すると　子供は今や父さん、母さんとは何か、家とは何か　考えるのだった。

「父さんとは、と子供は言った、何ですか」

渡し守は船の近くの、石に座った。その声は　暗がりの中　前よりも近くに聞こえた。だが男は　まずちょっと笑ったような声を出した。

「父さん？　そうだな、それは君が涙を流すとき　君を膝に抱いてくれる人、夜　眠るのが怖いとき、君のそばに座って話をしてくれる人」

子供は答えなかった。

「父さんのいない人も　まあ　いたことはいた、確かに、としばらく考えていたかのように大きな男は続けた。だが　そんなときには　若くて優しい女の人たちがいて、火をおこし、そのそばに座らせてくれて、うたを歌ってくれる、みたいだよ。そしてそばを離れるときがあっても、それは料理を煮るためなんだ、鍋の中で温められたオイルの匂いもしてくる。

――それも覚えていません」と、子供は淡い　澄んだ声で言った。今や口を噤んだ渡し守に子供は近づいていた、渡し守の落ち着いて　ゆったりとした息遣いが聞こえた。「流れを渡らなければなりません、と子供は言った、渡し賃は持っています」

大きな男は身をかがめて、子供を大きな手で持ち上げ、肩にのせた、立ち上がって　自分の船の中へと降りた、船はその重みで少し沈んだ。「行くぞ、と男は言った。首にしっかりつかまるんだ！」一方の手で、男は子供の脚をつかみ、もう一方の手で　棹を水の中に突き立てた。子供はあわてて男の首にしがみつき、溜息をついた。渡し守は両手で棹を持ち、泥の中から棹を引き抜いた、船は岸を離れ、水の音が　反射する月光の下から、暗闇の中へと広がった。

すぐ後で　指が男の耳に触れた。「ねえ、と子供は言った、父さんになってくれますか？」だが　子供のことばはすぐに途切れた、声が涙でつまったのだ。

「父さんだって！　でも私はただの渡し守だよ！　流れのほとりから離れるなんてことは一度もない。

――だったら　ずっと一緒に、流れのほとりにいてもいいよ。

――父さんになるには、家を持たなければならない、わからないかな？　私は家がないし、岸のイグサの中で暮らしている。

――岸辺でもいいからどうしてもそばにいたい！

――だめだ、と渡し守は言った、それはできない。それに、見るがいい！」

何を見るのかといえば、船が男と子供の重みで　だんだんとたわんでいくように見えることだ、子供が瞬く間に大きくなっているからだ。渡し守は苦しみながら船を進めるが、水が船の縁の高さに上って、縁を乗りこえ、船を流れで満たしてしまう、水が男の長い脚の高みに達すると　湾曲する板に支えられていた感じが消えてしまう。小船はそれでも、沈むことはなく、むしろ夜の闇の中に、姿を消すかのようである、男は今や、泳いでいる、少年は男の首に今もしがみついている。「心配しなくていいよ、と男は言う、流れはそれほど広くないし、もうすぐ岸に着くだろう。

――どうか、お願い、父さんになってください！　家になってください！

――そんなことはもう忘れるんだ、と大きな男は、低い声で答える。そうしたことばけ忘れるんだ。ことばは忘れるんだ」

　男は子供の小さな脚をもう一度つかんだが、それはもう巨大な脚になっている、自由な方の腕を使って　男は　ぶつかり合う流れの、口をあける深淵の、星々の　果てしない空間を泳ぐ[1]。

II

巨大な男と子供の話。この話の背後には、「クリストフォロス」と「カロン」の物語があることは、大方の研究者が考えるところである。

そこで、まず「クリストフォロス」と「カロン」の物語について、簡単に観察しておこう。

クリストフォロスは、三世紀頃の聖人で、「十四救難聖人の一人。おそらく、レプローブス（Reprobus）という名であった。カナアンの上流家庭の出身で、サモスもしくはシチーリアに来て回心、デキウス帝の迫害に際し殉教したといわれる。その名の意味は〈キリストを運ぶ者〉である。『黄金伝説』の中にも登場するが、十二世紀頃からドイツを中心に伝説が生じた。彼は、生来の巨人で、渡し守として力を誇っていたが、暴風雨の夜イエスを知らずに背負って渡った。途中少年イエスの重みが増し、水をかぶりつつ渡ったといわれ、それはイエスからの受洗を意味すると解された。悪疫、悪天候などに対する力を持つ、水夫、巡礼者などの保護聖人とされた[2]」

また、カロンについては「エレボス（暗闇）とニュクス（夜）との息子。スチュクス川を横切って死人を終の住家であるハデスの国に渡す渡し守。彼は汚くみすぼらしい、痛癪持ちだがおそろしく威勢がいい老人と考えられていた。彼は船客に一オボロスの渡し賃を請求した。そのため死者を葬るときはその口の中に、一オボロス貨幣を入れるのがギリシャ人の習慣であった[3]」

ところで、クリストフォロスに関しては、先の説明にもあったように、十三世紀のジェノヴァ大司教ヤコブス・ア・ヴォラジネの編著といわれる『黄金伝説』の中にも記述があるので、その部分を引用しておこう。

クリストフォロスが小さな家で休んでいたとき、「クリストフォロス、出て来て、渡しておくれ」という、彼を呼ぶ子供の声を聞いた。すぐに立ち上がったが、誰もいなかった。家に入ると、同じ声が呼ぶのを聞いた。再び外に走って行ったが、誰もいなかった。三度目も同じように、呼ばれた。出てみると、川岸に一人の子供がいて、川を渡してほしいと熱心に頼んだ。そこで、クリストフォロスは子供を肩にのせ、棒を持ち川に入って渡り始めた。すると、川の水が少しずつ膨れ上がり、子供が鉛の塊のように重くなっていった。彼は前に進んだ、川は相変わらず膨れ上がり、子供はますます耐え難い重さでクリストフォロスの肩にのしかかった。そのため、彼は大きな不安に襲われ、死んでしまうのではないかと思った。やっとのことで切り抜けた。川を渡り切り、子供を岸におろして言った。「子供よ、お前のために大変な目にあった、それに、お前の重さといったら、世界中の重さが私にのしかかるとしてもお前ほど重くはないだろう」。子供は答えた。「驚くことはない、クリストフォロスよ、世界中の重さを背負っただけではなく、その世界を創った者を背負ったのだ。私はお前の王、キリストだ。こうしてお前は私の役に立ってくれた。私が真実を語っていることを証しよう。向こう岸に帰ったら、棒を家の前の地面に突き刺すがいい。そうすれば、朝になると、その棒に花が咲き、実がなっているだろう」。家に着いたクリストフォロスは、そこで、棒を地面に突き立てた。そして朝起きてみると、棒にはヤシの木のように葉が茂り、実がなっていた。(4)

ただ、この『黄金伝説』では、クリストフォロスが川を渡るときに、船を使わないことに注意しておこう。彼は自分の巨大な体躯を利用し、棒の助けを借り川を歩いて渡るのである。

「湾曲する板」で船が出てくるのは、そこにカロンの物語が重ね合わされているのであろう。それにしても、船で流れを渡るのに、何故男は子供を船板の上にではなく、自分の肩にのせるのであろうか。それは、男には船がやがて水にのみこまれてしまうことが分かっているためなのか。だとすれば、そのとき、船とは何の役に立つというのだろう。しかも、クリストフォロスの物語では、子供のキリストが全人類の罪を背負うかのように、途中で重みを増していくのに対して、「湾曲する板」での子供は重みよりも、大きさを増していく。
こうした問題をめぐってどんなことが考えられるのかを追求するのが、本章の目的となる。

III

この作品の題名「湾曲する板 « Les planches courbes »」とは、何を意味するのだろうか。planches とは木の板であるが、それがここでは船底を形成する船板の意味で使われている。そしてその船板は（川の流れのように）湾曲している。

「湾曲する板」はこうして流れを横切る船を換喩表現しているのであろう。

また、音や綴りの面から観察するとき、planches には、blanches（白い）のかなり明瞭な反響が聞き取れて、夜の闇に領略された「湾曲する板」の世界の背後にひそむ夜明けの兆しを感得することができる。そして、courbes には、lourdes（重い）、sourdes（耳の聞こえない、はっきりしない）、gourdes（不器用な）などのよく似た音の響きのほかに、例えば croupe を中間項にした accroupi（蹲った）が想起される。そのとき、本章の最後に言及するランボーの「陶酔する船 « Le bateau ivre »」の「蹲る子供（un enfant accroupi）」の遠いこだまもそこに聞き取ることができるかもしれない。

今度は、「湾曲」ということに関して少し考えてみよう。まず次の二つの意見を参考までに引用しておく。最初がアンドゥリオ＝サイヤンとブリュネル、二番目がコンブの意見である。

人生の夕暮れ時、かつての子供だったときに向かっての、「失われた場所」に向かっての帰還、未知なる場所へ向かっての信頼に満ちた前進。人生の描く線はたわみ、子供だった自分をさらに遠くに運ぶために背中も湾曲していく。(5)

板の湾曲は、精神が闇の力と対決すること、死と有限性の神秘と対決すること、つまりは、主体が「意味の神秘」と戦うことによって生じる。（……）曲線は、概念を思考する幾何学の直線と対決するのだ。(6)

つまり、この二つの意見に共通して観察されることは、人生が人の期待し、希望するままには決して展開しないということである。思うままに、言わば直線的に進行しない人生のあり方が、湾曲という線に結びつく。ところで、男と子供が横切ろうとしている川の流れそのものは、おそらく、始まりも終わりもなく永劫に流れ続ける時間としての永遠を象徴しているのであろうが、それを横切るとは、生誕という一つの岸から死というもう一つの岸に向かって進む動き、つまり、この世での生を象徴している。しかしその渡りが一直線に進展することはなく、湾曲する線を描くかのように展開する。換言すれば、生誕から死までの道のりは一望の下に置くことができないということになる。

ちなみに、「湾曲する板」には興味深い現象がある。それは、過去時制から始まった語りが、後半に来て、現在時制に変化することである。もちろん、歴史的現在という形で、過去の出来事を、現在の読者の眼前に生起しつつあるかのような印象を与えるために、現在形で描写することがあるが、ここでは、その用法とは違うように思われる。それは、男と子供が「湾曲する板」に支えられなくなる時点で、過去、現在、未来をもたらすべく流れていた時間が、その流れを停止するかのようである。あるいは、過去から現在を経て未来へ向かって一直線に流れていた前半の過去時制の時間そのものが、後半の現在時制によって湾曲するかのようである。

Ⅳ

今度は、「湾曲する板」でうたわれる子供について考察してみよう。マソンは、その論文で「湾曲する板」の子供はまだ生まれていないという考えを述べている。

子供には、名前、父、母がどういうものなのか分からない。彼はこうした単純な記号の手前にいる、これは私の解釈では、彼がまだ生まれていないことになる。このテキストの冒頭に感じられる死の印象もこのことから説明される。と言うのも、生まれることはまた「もう一つの岸」へと渡ることだからである。つまり、死へ――向かう――存在の中に入ることだからである。[7]

「カロン」は死人をハデスの国に運ぶ渡し守であったが、マソンは「湾曲する板」での子供を、死人とは対極にある生まれる前の存在と見なしている。

また、コンブは、次に引用するように、子供を死んだ者と解釈している。

夜という舞台設定、「ぼんやりしている」渡し守の様子、「渡し賃」としての「小さな銅の硬貨」、亡者が

——古代伝説のように——渡し守に払うべきオボロスへの暗示が、言うなれば、舞台が死者の世界であることを確認させてくれる。（……）記憶のテーマ——子供は自分の名前も「父さん」の意味も覚えていない——は、詩人の主観に関連するだけではなく、古代の神話にも関連している。何故なら、黄泉の国にも、忘却の川であるレテが流れているからである。(8)

こうして子供をめぐって、「まだ生まれていない存在」、「死んでしまった存在」というように、いろいろ考えられるであろうが、むしろ、父や母を知らない、それでいて「男の注意を引きすぎてしまう」ことを怖れる子供、しかも「こんにちは」という挨拶もできる子供とはどんな存在なのかということを思った方がいいかもしれない。父や母や家を知らない子供、しかし、ことばを話す子供。

ここで、『新約聖書』にみられる、父、母、家に関するイエス・キリストのことばを観察しておこう。イエス・キリストは、例えば、次のようなことを言っている。

さて、イエスがガリラヤの海べを歩いておられると、ふたりの兄弟、すなわち、ペテロと呼ばれたシモンとその兄弟アンデレとが、海に網を打っているのをごらんになった。彼らは漁師であった。イエスは彼らに言われた、「わたしについてきなさい。あなたがたを、人間をとる漁師にしてあげよう」。すると、彼らはすぐに網を捨てて、イエスに従った。そこから進んで行かれると、ほかのふたりの兄弟、すなわち、ゼベダイの子ヤコブとその兄弟ヨハネとが、父ゼベダイと一緒に、舟の中で網を繕っているのをごらんになった。そこで彼らをお招きになると、すぐに舟と父とをおいて、イエスに従って行った。(9)

それから、イエスは見まわして、弟子たちに言われた、「財産のある者が神の国にはいるのは、なんとむずかしいことであろう」。弟子たちはこの言葉に驚き怪しんだ。(……)「それでは、だれが救われることができるのだろう」。イエスは彼らを見つめて言われた、「人にはできないが、神にはできる。神はなんでもできるからである」。ペテロがイエスに言い出した、「ごらんなさい、わたしたちはいっさいを捨てて、あなたに従って参りました」。イエスは言われた、「よく聞いておくがよい。だれでもわたしのために、また福音のために、家、兄弟、姉妹、母、父、子、もしくは畑を捨てた者は、必ずその百倍を受ける。すなわち、今この時代では家、兄弟、姉妹、母、子および畑を迫害と共に受け、また、きたるべき世では永遠の生命を受ける。しかし、多くの先の者はあとになり、あとの者は先になるであろう[10]」。

道を進んで行くと、ある人がイエスに言った、「あなたがおいでになる所ならどこへでも従ってまいります」。イエスはその人に言われた、「きつねには穴があり、空の鳥には巣がある。しかし、人の子にはまくらする所がない」。またほかの人に、「わたしに従ってきなさい」と言われた。するとその人が言った、「まず、父を葬りに行かせてください」。彼に言われた、「その死人を葬ることは、死人に任せておくがよい。あなたは、出て行って神の国を告げひろめなさい」。またほかの人が言った、「主よ、従ってまいりますが、まず家の者に別れを言いに行かせてください」。イエスは言われた、「手をすきにかけてから、うしろを見る者は、神の国にふさわしくないものである[11]」。

こうした『新約聖書』の記述と「湾曲する板」とのそれを比較すると、ボヌフォワの作品での子供は、作品に登場する前までは、この世での父や母や家を捨てることを通して、言わばここと今という日常の世界に確立された秩序の放棄を通して、もう一つの（超秩序の？）世界に赴くことを弟子に要求するイエス・キリスト、自らも父や母や家から離れて神の元に赴こうとするイエス・キリストのあり方に結びつくかのようである。そのことが、まさに「クリストフォロス」が運ぶイエス・キリストの像と重なり合う。

しかし、「湾曲する板」の子供は、「父さんになってくれますか？」と声を涙につまらせて渡し守に懇願する。ここで、『新約聖書』に記されるイエス・キリストと「湾曲する板」での子供とが違った姿を見せ始める。つまり、ボヌフォワの作品の子供は父親を求めている。とすれば、詩人はこの作品において、ここと今という現前で生き死にする有限な存在としての、言わば人間としてのイエス・キリストをうたおうとしているのだろうか。

だが、『新約聖書』においても、（神としての）父親を求める、少なくとも、（神としての）父親に呼びかけるイエス・キリストの姿がある。

それは、十字架にかけられたイエス・キリストの叫びなのであるが、その叫びは、渡し守から承諾の返答をもらえない子供の痛切な悲しみと響きあっている。イエス・キリストも、自分の父である神に向かって叫んでも、神からの返答は届かない。

さて、昼の十二時から地上の全面が暗くなって、三時に及んだ。そして三時ごろに、イエスは大声で叫んで、「エリ、エリ、レマ、サバクタニ」と言われた。それは「わが神、わが神、どうしてわたしをお見捨てになったのですか」という意味である。(12)

こうして、イエス・キリストであるかもしれない子供は、神であるかもしれない男に向かって「父さんになってください」と言う。これは、死が賭けられているとき、子は父を求める、少なくともどうしようもなく父にことばをかける、父に呼びかけることを意味するのだろう。

ところで、詩集『湾曲する板』においては、この作品だけではなく、他の作品の中でも父親の姿が数多くうたわれていることを考えると、ボヌフォワは自分が死に近づきつつあることを感じ、その死を前にして父への呼びかけを抑えることができない、と見做すことが許されるかもしれない。

ちなみに、「湾曲する板」冒頭の「男は背が高く、大きく、船の近くの、岸にいた。月の明かりが男の背後の、とうとうと流れる水の上に落ちていた」という男の描写に、神的存在を特徴づける光背を読み取ることも可能であろう。

それにしても、この深い孤独の凄まじさは何だろう。

誰からも呼ばれることのない子供、それでいてことばを発することのできる子供、親のない子供なのに、ことばの話せる子供、親がないだけではなく、自分の名前さえない子供、それでいてことばが話せる子供。

こうした子供について、ピオレ＝フェリュックスは次のように言っている。

> 物語はこうして無垢（*innocence*）と子供（*enfance*）という二つのことばの語源的な意味を強調している。小さな存在は、「子供」という「名前〔名詞〕」以外では決して登場することはないが、彼にはその意味さえも分からないようだ。話サ・ナイ者（*in-fans*）と罪ノ・ナイ者（*in-nocens*）がここで重なる、と言うのも、話さない者、ことばを持たない者とは、分からない者であるからだ。こうした欠如の痕跡が、「父さんになってくれま

すか？（……）子供のことばはすぐに途切れた、声が涙でつまったのだ」、という声の脆さによってしか自らの欲望の力を理解してもらえない子供の、耐えられないような位置を説明してくれる。[13]

そして、彼女は同時にこうした子供のあり方が、ボードレールの「異邦人《L'étranger》」のあり方に何らかの関係を持ちうるかもしれない、と言っている。[14] そこで、その「異邦人」を引用しておく。

異 邦 人

「誰が一番好きなんだ、謎の男よ、教えてくれ。それは父か母か、姉妹か兄弟か。
——父も母も姉妹も兄弟もいない。
——友だちか。
——それは今日まで意味不明のことばだ。
——祖国なのか。
——それがどんな緯度の下にあるのか分からない。
——美女か。
——女神のようで不死のものだったら、よろこんで好きになるだろう。
——黄金なのか。
——黄金が嫌いなのは、神を嫌うあなたがたと同じだ。

——だったら、一体何が好きなんだ、おかしな異邦人よ。
——雲が好きだ、あの、あそこを行く、すばらしい雲が(15)」

ボードレールの「異邦人」は、ボヌフォワの「湾曲する板」の子供と違って、父や母がどんな存在なのかしっかりと知っていて、しかも、父も母も必要としていない。「異邦人」はむしろ、あらゆる束縛を離脱したものとしての、言わば完全な自由を象徴するような雲に、空の遠くを流れゆく（passer）雲に憧れる。つながりをつくるよりも、つながりから自由になろうとする。したがって、ボードレールの「異邦人」はボヌフォワの「湾曲する板」の子供とは、ある意味で対極にある存在なのである。

V

II節の終わりで、「何故男は子供を船板の上にではなく、自分の肩にのせるのであろうか」という問いを発しておいたが、ここで一つの解釈を提示しておこう。それは、クリストフォロスの例に倣うのと同時に、そこには男と子供との一体化が暗示されているということである。

「湾曲する板」によって隔てられていた、男と子供という人間と、流れという自然とが、後半の現在時制の出現を境にして、直接に触れ合うようになる。そのとき、男は子供を背負いつつ、川の流れと一体化して、泳ぎ始める。一方、子供は男が泳いでいる間に、巨大な男と同じ大きさにまで成長する。子供はいつまでも子供のままでいることはできない。どうしようもなく成長して、大人と同じようになる。すなわち、子供はもう男とほとんど同じ大きさの存在になることで渡し守と一体化するのである。ここに、人間と自然との一体化と、男と子供との一体化とが重なり合うことになる。子供と男との一体化について、ピオレ＝フェリュックスは次のように言っている。

子供が操る対立と否定の修辞学からみると、最後の対話は最初の対話の逆転したこだまであるように見える。「でも私はただの渡し守だよ（*Mais je* ne suis que le passeur）」に対して、子供は「だったら（僕は）ずっと一緒に、いてもいいよ（*Mais je* resterais avec toi）」と返答して、力関係を逆転させ、「渡る（passer）」と「ずっといる（rester）」との緊張関係を逆転させる。（……）逆説的にも、子供は渡し守を、孤独から、そして交友関係のない世界から、解放する。物語の最後の文は「小さな脚」と「自由な腕」をまわりから切り離す。換喩は、この二人の存在が遂には、一つの全体の、一つの家族の、宇宙の部分になることをいかにも強調している。そして、換置法によって、以後二人の存在を一つにするような形容詞が使用されるようになる。彼らは「果てしない空間」の中では「小さい」が「自由」なのである。[16]

そのとき、一体化された男と子供は、川の流れという地上の世界だけではなく、深淵という地下の世界、星という天上の世界とも一体化しているのだ。[17]

ところで、「父さんになってください！」と懇願する子供に向かって、男は「ことばは忘れるんだ」と言う。これは何を意味するのだろうか。「父さんになってください！」という子供の願いは、人が人だけでは生きることのできない極めて脆い存在であることを意味している。さらには、人は人を超えた存在、メタレベルの存在を想定して、そこからこの世界に意味を付与せずにはおれない極めて脆い存在であることを意味する。

こうした願いが出てくるのは、おそらく、人がことばを持ってしまったからである。ここと今にいて、しかも、ここと今を離脱させるものとしてのことばという実に不可思議なものが、神という超越者を人に憧れさせるのである。

ボヌフォワは、しかし、「湾曲する板」で、「そんなことはもう忘れるんだ（……）そうしたことばは忘れるんだ。ことばは忘れるんだ」と男に言わせている。

このことについてピオレ＝フェリュックスは次のように言っている。

おそらくは、「ことばは忘れるんだ」という提案をすることで、意味を出来させるためには音と体験とに特権を与えるという、渡し守＝詩人の最終のメッセージを聞き取る必要があろう[18]。

そういうこともあるであろうが、ここではむしろ、次のことを考えた方がいいように思われる。つまり、詩によって、詩の場で、ことばとの出会いを通して、救いを求めようする大方の詩人たち、その中に、ジューヴ[19]を含めることもできるのだが、そうした詩人たちとは違って、ボヌフォワは、完成された詩の世界に逃げ込んで、そこに救いと安らぎを見出そうとはしていないことを、それは明らかにしてくれる。

完成された詩の世界とは、不完全なこの世界という神の失敗を補うために、詩人がことばを通して、ことばの場で、実現しようとする完成された世界なのであるが、こうした考え方がボヌフォワには受け入れられない。彼は、たとえそれが不完全であるとしても、常にここと今という現前を離れることがない。

それでも、ここと今と単純に言うけれども、それはしかし誰もが簡単に到達できる時空であろうか。ここと今とは、おそらく、無条件に人に与えられるものではなく、人がことばを通して、ことばの場で、その都度獲得しなければならないものだ。ことばが、人にここと今にいることを妨げるとしても、まさに、ことばだけが人にここと今にいる、現前することを可能にしてくれるのである。

これはどういうことなのか。

人はまず自分の五感を使って認識する世界にいる。眼が見たり、耳が聞いたり、手が触れたり、鼻が嗅いだり、舌が味わったりする世界にいる。その内、視覚だけは一見すると他の感覚に比べて、かなり離れた遠くの地平線、水平線まで捉えているように見える。聴覚も視覚には劣るが、数キロメートル離れた音を捉えるかもしれない。また嗅覚も空気を通して到達する数十メートル先の匂いを捉えることができる。あとの二つの感覚はまさに皮膚感覚で、身体の外に出ることはない。

しかし、自分の五感が捉える世界だけが存在しているのではなく、それ以外の「果てしない空間」が存在していることを人は知っている。感じているのではなく、知っている。

この知識をもたらしてくれるのが、ことばなのである。人は自分だけの世界、自分の感覚の世界だけがあるのではなく、自分と同じ無数の人間にも自分と変わらない世界があることを、ことばを通して知っている。何故なら、ことばは、人が自分の内だけの限られた世界に閉じこもるあり方を超えて、自分の外に飛び出すことを可能にしてくれるからである。それは、ことばが本来人の五感を超える役割を果たしているからである。「見る」ということばは、見ることそのものではない。「木」ということばは、木そのものではない。ものそのもの、ことそのものをことばはある面において否定している。

だがこの否定が、ものそのもの、ことそのものとしての身体から人が離れることを可能にしてくれる。こうした離脱の動きが知ることなのである。だからこそ、人は自分のまわりにいる人たちの気持ちを知ることができるのだし、自分の把持する世界を超えて、地球というものがあり、宇宙というひろがりがあり、生前や死後の時間もあるということを知っているのである。

換言すれば、ここと今という時空に人がいることを感じるのは、ここでもなく今でもない時空が存在することを人が知っているからである。もしことばを通して、ことばの場で、ここでもなく今でもない時空が存在することを知らなければ、人は自分がここと今にいることを感じることもできないのだ。

知ることは、それでも、感じることではない。人には感じることという、自分の身体から離れられない限界がある。それを時間軸に沿って見ると、自分の身体の生誕と死というもう一つの限界に出会う。ボヌフォワの「湾曲する板」で、「ことばは忘れるんだ」と男が言うのは、この限界を忘れるなということである。ここと今を生きている感じを忘れるな、ということである。そして、それを時間軸に転換して、身体の生誕と死とを忘れるなということである。

「ことばは忘れるんだ」ということは、実は、ことばを通してしか、ことばの場でしか表現できないし、実現できないように、生誕も死もそれ自体はことばのスクリーンを通してしか、ことばのスクリーンの場でしか浮かび上がってこない出来事なのである。

しかし、時間軸に転換してと言うけれども、「湾曲する板」の後半では、「湾曲する板」が象徴する船そのものが、川の流れにのみ込まれ、それと一体化する形で消えてしまうように、現在時制の使用によって、過去―現在―未来に構造化された時間が消えてしまっている。

この構造化された時間が消えるとは、どういう意味だろうか。それは、ここと今という現前が、特に今という現在がそのまま、あらゆる過去やあらゆる未来を包み込んだ永遠という現在に重ね合わされることではないだろうか。

VI

本章の最後に、イエス・キリストであるかもしれない子供と、神であるかもしれない男との関係について、別の観点からもう少し考えてみたい。それは、この子供が、ことばの魂としての意味（signifié と表現できるかもしれない）であり、渡し守がことばの身体としての音や綴り（signifiant と表現できるかもしれない）であるということである[20]。

ことばの意味はそれだけで独立＝存在することはできない。ことばの意味はそれを発し、それを受け取ることばの音や綴りを必要とする。しかし、ことばの意味はともすれば、自分だけの世界に閉じこもり、自分だけの世界で完結しようとする。ボヌフォワはその完結性、閉鎖性に一種の虚偽を感じ取ってしまう。ことばの意味は、特に詩のことばの意味は、それを発し、それを受け取ることばの音や綴りと出会うことが必要だし、その出会いこそがことばの意味の流れを、生きた真実のものにする。

ことばの意味はことばの音や綴りと出会って、一つの岸からもう一つの岸へと流れを渡ろうとする。流れを渡り切るとは、そこに、意味の伝達が達成されたことを暗示するのであろう。しかし、ボヌフォワはこうした達成、完成をうたうことはしない。ことばの意味とことばの音や綴りを象徴する子供と男は、流れを泳ぐ。そして、まさに泳ぎそのものがボヌフォワの考える詩のことばの真正なあり方を体現している。

そもそも、泳ぐとは、「湾曲する板」が象徴する船、さらにはその船に結びつく大地という支えを失うこと、したがって、自分の足で立って歩くという自立性＝独立性を失うことを意味する。それと同時に、泳ぐことの内に、人が水という自然と一体化しつつ、移動するという動きを観察することもできる。しかも、ここでは、永遠の現在とも言うべき時間が、地上、地下、天上という空間と溶け合っているあり様が表現されている。

こうして、泳ぐとは、ことばの意味と一体化したことばの音や綴りが、川の流れ＝自然とさらに一体化することを意味する。それは詩のことばの流れが、生命の流れとパラレルな関係に入ることでもあると言える。

最後に、ボヌフォワの「湾曲する板」とランボーの「陶酔する船」との関係を垣間見ておこう。ランボーの「陶酔する船」は、両岸に限界づけられた川から、果てしない大洋に飛び出すよろこびをうたっていた。「海の詩」に身をゆだねる船に自らを重ねて、その陶酔を満喫していた。しかし、その船も、やがてそうした自由のひろがりに耐え切れず、父祖の地であるヨーロッパをなつかしみ、林の中の水溜りに蹲る子供が浮かべる五月の蝶のようにか細い舟のあり方に憧れてしまう。ここにも、一人の孤独な子供と船の組み合わせが観察される。その部分を引用しておく。

それにしても、私は涙を流しすぎた！（……）／おお　私の竜骨は砕けるがいい！　おお　私は海に沈むがいい！／／私がヨーロッパの水を望むとすれば、それは／馨しい黄昏時に　悲しみに溢れた／子供が一人蹲って　五月の蝶のようにか細い／舟をそっと手放す、林の中の黒々として冷たい沼の水。(21)

ことばの身体としての音や綴りから離れたことばの魂としての意味の自由さに酔う「私」は、「陶酔する船」の最終部分に来て、父祖の地であるヨーロッパに帰りたい、そのことで父祖と一つになりたいという悲嘆の叫びをあげるが、このボヌフォワの「湾曲する板」でも、ことばの意味はことばの音や綴り一つになろうと憧れる。だからこそ、子供は男に向かって「父さんになってください」と言うのである。この子供と男が一体化することと、「湾曲する板」としての船が消えて、川の流れ＝自然と子供＝男とが一体化することが、重なり合うことは前に観察した通りである。

船とはもともと、その滑らかな表面の下に深淵を包み隠している水の上を移動するために人が考え出した乗り物である。流れを横切り、向こう岸にたどり着くことを目的とする船のあり方は、コミュニケーションを目的とすることばの一つのあり方でもある。その船が沈むと同時に、あるいはむしろ、水の流れと一体化すると同時に、男は子供に「ことばは忘れるんだ」と言う。そして、男は泳ぐ。その泳ぐという動きを通して、うたということばのあり方が出現することになる。

ことばの魂としての意味がことばの身体としての音や綴りと一体化する動きを象徴する、泳ぐことを通して出来するうたとは、ここと今とが人間に課すあらゆる重みを背負って、ここと今にとどまり（ことばの身体としての音や綴りであり）続けながら、それでいて、川の流れと一体化することで移動しつつ、ここでもなく今でもない（ことばの魂としての意味の）時空を生きることである、ということがこうして理解されるであろう。

つまり、ことばが「意味」しようとするものと、ことばの身体としての「音」や「綴り」とが一つになるところに、「うた」ということばの真正な一つのあり方が出現するのである。

注

（1） Yves Bonnefoy, *Les planches courbes*, Éditions des Arts et Lettres, Vevey, Suisse, 1998. なお、その後 *Les Planches courbes* という題名で Mercure de France から二〇〇一年に刊行された。本章は、*Les planches courbes*, Poésie/Gallimard, 2003, pp. 101–104. を底本にした。

（2） 加藤常昭『キリスト教人名辞典』日本基督教団出版局、一九八六年、四八六―四八七頁。

（3） マイケル・グラント、ジョン・ヘイゼル『ギリシア・ローマ神話事典』西田実ほか訳、大修館書店、一九八八年、二一三頁。

（4） Jacques de Voragine, *La Légende dorée*, traduction de l'abbé L.-B. M. Roze, 1900, rééditée par Garnier-Flammarion, 1967, volume II, pp. 7–11. (citée dans « Une réécriture de mythe de saint Christophe entre légende et mythe personnel » de Jean-Yves Masson in *Lire Les Planches courbes d'Yves Bonnefoy*, dirigé par Caroline Andriot-Saillant et Pierre Brunel, Vuibert, 2006, p. 63.)

（5） Caroline Andriot-Saillant et Pierre Brunel, *Les Planches courbes*, Profil Bac, Hatier, 2005, p. 138.

（6） Dominique Combe, *Les Planches courbes d'Yves Bonnefoy*, Foliothèque, Gallimard, 2005, p. 77.

（7） Jean Yves Masson, « Une réécriture du mythe de saint Christophe entre légende et mythe personnel » in *Lire Les Planches courbes d'Yves Bonnefoy*, dirigé par Caroline Andriot-Saillant et Pierre Brunel, p. 63.（傍点の原文はイタリック体）

（8） Dominique Combe, *op. cit.*, p. 69.

（9） 『マタイによる福音書』第四章、一八―二二、『聖書』日本聖書協会、一九六四年、五頁。

（10） 『マルコによる福音書』第十章、二三―三一、『聖書』日本聖書協会、一九六四年、六八―六九頁。

（11） 『ルカによる福音書』第九章、五七―六二、『聖書』日本聖書協会、一九六四年、一〇三―一〇四頁。

（12） 『マタイによる福音書』第二十七章、四五―四六、『聖書』日本聖書協会、一九六四年、四八頁。

（13） Estelle Piolet-Ferrux, *Les planches courbes d'Yves Bonnefoy*, La bibliothèque, Gallimard, 2005, p. 84.

（14） *Ibid.*, p. 87.

（15） Baudelaire, *Petits Poèmes en prose*, Garnier-Flammarion, 1967, p. 33.

（16） Estelle Piolet-Ferrux, *op. cit.*, pp. 85–86.

（17） 「湾曲する板」が「星々」ということばで終わる事実の内にダンテの『神曲』の反映を読み取る研究者もいる。

『湾曲する板』の最後のことばは、ダンテの『神曲』三篇のそれぞれの最後のことばでもある。」(Caroline Andriot-Saillant et Pierre Brunel, *op. cit.*, p. 135.)

また、『神曲』ついて寿岳文章は次のように言っている。「神曲三篇とも、『星々』の一語を結びとしていることは、華厳経八会入法界品における善財童子のように、遍歴者ダンテの微視と巨視をかねそなえた高邁な求道の態度を端的に示す。」(ダンテ『神曲〈地獄篇〉』、寿岳文章訳注、集英社、一九八七年、三八四頁)

(18) Estelle Piolet-Ferrux, *op. cit.*, p. 86.

(19) Pierre Jean Jouve, *En Miroir* dans *Œuvre II*, Mercure de France, 1987, pp. 1082 et 1161.

(20) 次の文章を参照。「声という形をとって言語の身体そのものを体現する『音』は、生がイメージの内に受肉したものである『色彩』に結びつくことで、存在に到達する、これがことばの真実の姿なのである。」(Olivier Himy, *Yves Bonnefoy*, ellipses, 2006, p. 121.)

(21) Rimbaud, *Poésies* dans *Œuvres complètes*, Gallimard, Bibliothèque de la Pléiade, 1972, p. 69.

第七章　フィリップ・ジャコテ――自然と詩人――

フィリップ・ジャコテという詩人がいる。彼については、実に多くの人が実にさまざまなことを述べている。そうした状況の中で、本章は、フィリップ・ジャコテの詩を特徴づけていると思われる一つの側面を追及する試みである。

フィリップ・ジャコテは一九二五年に生まれたが、彼の周りには同時代の詩人たちがいた。それは、ルイ＝ルネ・デ・フォレ（一九一八－二〇〇〇）、イヴ・ボヌフォワ（一九二三－二〇一六）、アンドレ・デュ・ブシェ（一九二四－二〇〇一）、ジャック・デュパン（一九二七－二〇一二）といった、かつての『たまゆら』の同人たちである。[1] こうした詩人たちとフィリップ・ジャコテを区別するものとは何であろうか。

クリスティーヌ・ベネヴァンは、彼らは「現実の探求」に由来する深い疑惑に直面するという姿勢を共通のものにしつつ、イヴ・ボヌフォワは詩の中に「希望」をうたいあげること、アンドレ・デュ・ブシェとジャック・デュパンは「空白に穿たれた断片的な詩の中に読み取れる」、またフィリップ・ジャコテについては「俳句への嗜好の中に読み取れる」、「沈黙への誘惑、少なくとも希薄化したことばへの誘惑を通して、そうした疑惑が時として表現される」[2] こと、そして、ルイ＝ルネ・デ・フォレは「言語に対する葛藤に満ちた関係」[3] を追究することをその特色としていると述べている。

クリスティーヌ・ベネヴァンがジャコテについて言う「俳句への嗜好の中に読み取れる（……）希薄化したことばへの誘惑」をさらに敷衍して言えば、人間そのものに対するよりも、人間を取り巻く世界、つまり、自然と名づけることが可能であるような世界への関心の強さである。[4] フィリップ・ジャコテも人間である以上、人間に対する興味がないとはもちろん言うことができない。事実、ジャコテの手記や書簡を読むと、彼を取り巻く人間に対する思いやりがいかに深いものであるのかを、生き生きと感得することができる。特に、苦しい状況や死に苛まれている他者に対する思いやりの強さには目を見張るものがある。[5]

しかし、フィリップ・ジャコテの詩作品そのものを読むと、そこには、自分や他者に対する眼差しよりも、むしろ、自然と呼ばれるべきものへの眼差しの方が、特にその後半生において、[6] 強く観察されるのである。そしてそれは、二〇一二年に刊行されたフィリップ・ジャコテの自選集とでも言うべき『インクは影なのだろう』という書物にも顕著に感得されるのである。[7]

ここから次のようなことが言えるのではないだろうか。

詩は、詩人が発することばから構成されている。ところが、そのことばは、フィリップ・ジャコテの詩作品においても、詩人自身や詩人の周りにいる他者に向けて発せられるが、それは、自然からの声に応答するかのように、自然をうたうことが多いのである。何故、自分と同じようにことばを発することのできる人間ではなく、一見すると、ことばを発することができない自然、特に、散歩する詩人を取り巻く草木、野山、空、[8] 太陽や月の光、雨雪、風や雲の流れを、殊更にうたうのであろうか。

シャンタル・コロン＝ギヨームが言うように、「存在の秘密は自然との触れ合いに生ずる詩的経験の内にしか垣間見ることができない」[9] という側面、あるいは、ソフィ・バーテレミーが言うように、自然には「時の流出と遍在する死の脅威に抵抗する一種の避難所を形成する」[10]という側面があるであろうが、それ以上に、次のことに留意すべきかもしれない。

それは、神秘的な言い方になるが、一見するとことばを発することができない自然が、自らの代わりに、詩人を選んで、詩人を通して、詩人の場で、ことばを発せしめているということである[11]。

あたかも巫女が、ここと今という現在の時空にいないように見える存在者の声を語りかけるように、草木、野山、空、太陽や月の光、雨雪、風や雲の流れという自然が、詩人に自分のことをうたうように強要している、少なくとも、懇願するのである[12]。

こうしたことは、可能なのであろうか。フィリップ・ジャコテの詩を読む限り、そうとしか考えられないところがある。

ところで、自然と詩人の出会いとはどのようなものなのであろうか。その出会いは、先に挙げた雑誌名『たまゆら（*éphémère*）』という単語、あるいはジェローム・テロがフィリップ・ジャコテの詩作品について用いた「はかない（précaire）」[13]という単語がよくその特徴の一面を表明してくれているように、ほんの一瞬の出会い、すぐに消えてしまう出会いなのである。その前にもその後にも存在しない自然との一瞬の邂逅が詩人からことばを引き出している。

こうして、一瞬にしか存在しない雲の形、一瞬にしか存在しない空の輝きとの出会いに詩が生まれるのは、その一瞬が、日常の生を構成する時間とは別の時間を思わせるからであろう。日常の生という持続の上に成り立っているように見える時空を、この出会いの一瞬が断絶させる。その断絶の隙間を通して、持続する日常の生とは別の時空を垣間見ることができるように思われる[14]。

この世での生そのものは、その生を前後から挟み込むものから見たら、つまりこの世での生ではないものを死と呼ぶとすればその死から見たら、一種の隙間かもしれない。その時、自然との出会いの一瞬は、この世での生という一種の隙間に穿たれたもう一つの隙間と言ってもいい。とすれば、この二番目の隙間を通して垣間見られる時空は、死に通底する時空であり、フィリップ・ジャコテはそれを「死者たちの世界」[15]であると言う。

具体的に、フィリップ・ジャコテが自然との一瞬の出会い、「〈ニンフの谷〉から帰るときの夕べの色」に触発されて「考える」ように促される出会いを述べた文章を、少し長くなるが、引用してみよう。

このような出会いは比較的稀であり、場所、季節、ときには時刻そのものの正確な状況と結びついている。私がその効果をくまなく点検し、その意味を理解しようと試みた色は、例えば、どこかはかのところではなく、そこで（二回にわたって、間違っていなければ冬の初めと終わりに）しか見たことがなかった。他方においてその色は、漠然とした待機というごく一般的な状態を除けば、そのときの私のものであったかもしれない特別な気分に結びついていたようにもみえない。だが、それはいつも驚きなのだ、したがって、予期せぬものであり、もしそう言ってよければ、過分なものであり、天の恵みのようなものであり、さらに言えば、世界の恩寵なのだ。したがって、多少ともそれは、自然の観察者や監視人には拒まれているものである。言うなれば「斜めの」ものであり、人の元には、正面からよりもむしろ斜交いにやってくるのだ。（……）

この特別な場合において、何が眼差しの不意を襲ったのか。眼差しが通りすがりに認めたものの稀有さ、奇妙さなのか。つまり、色彩が普段他のところではそうなっていない別の色彩なのか。そしてこの別の色彩のために、全くありふれた風景の断片が瞬時の変容をとげ、その風景の構成要素が——それ自体においてでは全くなく、眼差しにとって——性質を変えたために、もはや完全には風景の構成要素そのものとは見えない、あるいは「ただただ」構成要素そのものと見えてしまう。(……) 要素は、「より美しく」なったというのでもないのだ。要素は日常の言語とは別のもう一つの言語を語っているように見えたのである……(……)
光が、この一日の終わりの——冬の終わりの——短い時に、想像作用を実行し、一つのイメージを作り出したのだ、詩人が時としてそうしたことに成功することがあるようにである。だが、このように創出され提示された多くのイメージの中でも私たちを多少とも感動させるイメージがある一方で、別のイメージは全くそんなことはないのだ。こうして、イメージがあなたのところにやってくるとき、それは、イメージが言ってみればあなたの仕事をしたということであり、あなたに代わって、あるいはあなたよりも先に、一つのイメージを、おそらくは一つの場面を創出したということである、あなたはそれについての考えを抱くことさえなかったのだ、一方で、イメージは、言わばあなたの奥底で、陽の当たるところまで運ばれることを期待していたのだ。そうなのだ、世界は「警告を発することなしに」あなたの内に一つの漠然としていても深い夢想を探しに行き、それに一瞬、形を与えてもらおうとしたことを信じるべきである。(16)

この引用から、フィリップ・ジャコテの詩のことばがどのように生まれるのかを読み取ることができる。ジャコテは生まれ故郷のスイスや戦後のパリで暮らした後、一九五三年、結婚を機に南フランスのアヴィニヨンからそんなに遠くないところにあるグリニャンという町に移って、今もそこに住んでいるが、朝や夕方によく散策に出かける。その時に草木、野山、空、太陽や月の光、雨雪、風や雲の流れに眼をやりながら、自然の中を移動する。普段はそんな時も、日常生活を領略する持続としての生の時空に居続けるのかもしれないが、ごく稀に「天の恵み」や「世界の恩寵」という「驚き」が詩人を訪れて、そこに先ほど述べた隙間が生じる。そしてこの隙間にことばが生まれる。[17] その時、空は大きく開かれた本になるのかもしれない[18]。

　何故フィリップ・ジャコテは、他者や自分ということばを発する人間ではなく、ことばを持たないように見える自然と対面するのか。

　それはおそらくジャコテにとって、他者や自分ということばを発する人間に対するとき、詩のことばを十全に生きることができないからなのかもしれない。他者や自分に対面するとき、詩のことばは身を固くしてしまう。

　どうしてそういうことになるのか。

　それは、フィリップ・ジャコテに限らず、人がことばを発する他者や自分に向き合うときのことばが、意思疎通を明確なものにするためにどうしても一義的なものにならざるを得ないからである。このことばの一義性が詩のことばの秘める柔らかさ、深さを崩してしまう。

　日常生活において人は、この一義性のことばを用いて暮らしている。そうしないと日常生活が成り立たないからである。ある人が別の人に「窓を開けてほしい」と言うとき、この二人の間に介在することばの意味が一つであることがどうしても必要なのである。もし言われた人が「カーテンを閉め」たとしたら、どうなるのか。それは、その二人の間にはことばの一義性に基づく共通の意味作用が存在しないことを意味する。

　逆に言えば、日常生活の場にいるとき、人は、たとえそれが詩人という詩のことばを書く人であるとしても、一義性に基づく共通の意味作用という制限を受けたことばを用いざるを得ない。多くの人は、しかし、日常生活でことばを用いるとき、自分のことばに課されたこの一義性という制限を意識したり、その束縛に耐えられない思いをしたりすることはない。むしろ、その制限の中をたくみに泳いで、あるいはその制限そのものを自分の世界と同一化して、自由自在に振る舞っていると感じているかもしれない。

これに対して、詩を書くときの詩人は日常生活におけることばの一義性という制限を、ことばを通して、ことばの場において、はみ出よう、超えようとする。そこに、ことばのもう一つの形としての詩のことばが生まれる。フィリップ・ジャコテが先の引用文で言っていた「日常の言語とは別のもう一つの言語」が生まれる。

しかし、次のことに注意しておこう。それは、詩のことばが日常生活でのことばの一義性を超えようとするとしても、そのことによって、ことばの一義性そのものが消滅することはないということである。ことばはことばである限り、それが日常生活でのことばであれ、詩でのことばであれ、そこにはことばの意味という一義性はどこまでも存続するのである。

このことを具体的に考察してみよう。

次に引用するジャコテの詩の中で、例えば「街々のゆらぎ」ということばが使われている。平和な時であれば、街は変化することなく存在し続ける。しかし、一旦、戦争が勃発すると、街はそれまでとは一変した相貌を提示するにちがいない。人々は殺されたり、街から逃げるかもしれないし、街の建物も爆撃を受けて破壊されるかもしれない。そうした状況を詩人は「街々のゆらぎ」と表現している。

この詩的表現の内にも「街々」の一義性、「ゆらぎ」の一義性ということばの本性は保たれている。ただ注目すべきなのは、この二つの一義性のことばが、日常生活においては出会うことが極端に少ないということである。詩のことばの一つの特徴は、この一義性のことば同士の出会いの意外さに基づく「驚き」にある。しかし、再び言えば、この「驚き」が出現してことばの一義性からのはみ出しが出現するためには、ことばの一義性そのものはどうしても必要なのである。

自然と詩人が出会うところに生まれる詩のことばがどんなものであるのかを、フィリップ・ジャコテの詩作品を引用しながら、具体的に観察してみよう。

数多くの亡霊たちが光と影の間の
ためらいに集められ、その呟きで
明かるみを脅かしながら
窓辺に押し寄せるぼんやりとした時刻に、

男が一人祈っている、その傍に武器を捨て
裸の大変に美しい女戦士が身を横たえている。
遠くないところに彼らの戦いの継承者が休んでいる、
彼は麦わらのようなその手の中に〈時〉を握りしめている。

「不安の中で唱えられる祈り、とりわけ
外からの助けがなければ、叶えるのが難しい祈り。
街々のゆらぎの中の、戦争の終わりの中の、

あふれる死者たちの祈り、
まといつくように優しい、曙が、
山々の麓に入り込む光が、かすかな
月を遠ざけるように、
私自身の寓話を消し、その明かりで私の名にヴェールをかけてくれるように。[19]」

最初は『無知』の中の「夜と昼の間の祈り」と題された、四つの詩節から成る作品である。最初の三つの詩節では、人間の起こした戦争を喚起させる雰囲気の中で、男が一人祈りを捧げている情景がうたわれる。そして、最後の四番目の詩節に来て、その祈りの内容が表現されるのである。それは最早、戦争を起こした人間に対する祈りでも、神に対する祈りでもない。まさに自然に対する祈りになっている。

夜から昼へと転換する朝まだきの時刻とは、まさに夜と昼の間の隙間である。夜でもない昼でもない、一種のニュートラルな時刻とは、夜や昼という固着された時を解放するかのような自由な時刻でもある。それが、「継承者」としての子供の手の中に握られている「〈時〉」のあり方なのかもしれない。そんな時刻に、「亡霊たちが（……）窓辺に押し寄せるぼんやりとした」とうたわれる時刻に、一人の男が祈る。

「私」は、曙の光が夜の闇を消すように、「私」という存在を作り上げている意識を消してくれるように曙に祈る。「私自身の寓話」とは、夜の闇を照らしていた月という、それ自体としては光ることのないものが、朝になってその輝きを失うように、本来ありもしないかもしれない存在としての「私」のあり方を暗示しているのであろう。「私の名にヴェールをかける」のも同じ動きを提示している。「私」は、無であらねばならないと願っているかのようである。[20]

ところで、「まといつくように優しい」曙とか、「山々の麓に入り込む」光とかが、「消し」たり、「ヴェールをかけ」たりする箇所からも分かるように、曙という自然がここでは擬人化されている。あたかも、人間と同様に意思を持つものであるかのようにうたわれている。ともすれば、ヨーロッパの人たちは人間を主に、自然を従に見做す傾向があり、それが自然科学を発達させたのでもあろうが、フィリップ・ジャコテの詩の世界では、こうした人間と自然との間に主従関係は見出せない。自然に対面する詩人は、最初の引用文にあった「自然の観察者や監視人」とは対極の位置に身を置いているのである。むしろ、「私」＝詩人が曙にことばを語りかける、もっと正確には祈りを捧げるのは、曙＝自然が人間を超えた一種の超越者の働きをしているからなのではないだろうか。[21]

次に引用するのは、最初の引用詩句と同じ『無知』の中の「六月二十六日の手紙」と題された作品である。

小鳥たちがこれからは我々の生についてあなたに語ってくれるように。
人間だと話を作りすぎるかもしれない
あなたには人間のことばを通すともう旅人の部屋しか、
涙のもやが雨で折れ曲がる林にヴェールをかけている
窓しか見えなくなるかもしれない……

夜になる。あなたには菩提樹の下の声が聞こえる、

大地の上の　赤だったり緑だったりする
アンタレスのように　人間の声が輝いている。

★

我々の気がかりの音にもう耳傾けてはいけない、
我々に何が起こるのかをもう思ってはいけない、
我々の名をも忘れることだ。我々が昼の声で
話すのに耳傾けるがいい、そして昼が
光るだけにするがいい。我々がいかなる心配からも解かれるだろうとき、
死が我々にとって透明なものでしかなくなるだろうとき、
死が　夏の夜の大気のように明かるくなるだろうとき
そして風が吹きつけるこうした壁のようなものすべてを通って
我々が軽さに運ばれて飛ぶだろうとき、
あなたにはもはや森の向こうを流れる川の音しか
聞こえないだろう。そしてあなたには　夜の眼が
きらめくことしか見えないだろう……

我々が夜泣き鶯の声で語るだろうそのときに……[22]

★

これは、詩人の妻の「二十三歳を祝って」書かれた手紙[23]という体裁をとった作品、どこか日本の詩人立原道造の世界を思わせる作品である。この作品は「小鳥たちがこれからは我々の生についてあなたに語ってくれるように」という詩句で始まっている。人間ではなく、小鳥たちがことばを発する。そして、「我々が夜泣き鶯の声で語る」とうたわれて、この作品が終わっている。人間ではなく、自然の声を代表するものとしての小鳥たちがうたをうたう。そして人間の声は、夜空に光るアンタレスのように無言の内に「輝く」のだ。ここには、詩人フィリップ・ジャコテの、他者や自分という人間に対する、少なくとも人間が所有していると思っている知に対する一種の不信や警戒心が読み取れる。そうした知、おそらくは人間の自己愛に由来する知こそが、特に戦争という大きな悪をもたらした元凶であるとジャコテは考えているかのようである。

他者や自分という人間の知にではなく、自然の声に耳傾け、自然の姿に眼を向けるという自然との対面、それが、自然に強要されたものであれ、そうした対面にジャコテの詩作品の真面目が存在するのである。そのとき、本来は闇そのものであるかもしれない死さえも「透明」になり、「夏の夜の大気のように明かる」いものになる。

しかし注意しなければならないのは、先に引用した「夜と昼の間の祈り」が「祈り」という形式をとり、この「六月二十六日の手紙」も、どこかで祈りに通底する命令文や単純未来形でうたわれていることである。つまり、これは詩人の祈り、願いではあっても、現在のありのままの姿の描写ではないということだ。さらに言えば、自然との対面とはいっても、それは日常生活における人間同士の対面のように、現在を構成し、あるいは現在の上に成り立つ対面とは違う。こうした常にすでに現在をはみ出してしまっている自然との「斜めの」対面に、先ほどのことばを使えば現在に穿たれたこの隙間の時空に、詩のことばのひろがり、詩のことばのつらなりが生まれるのである。だからこそ、それは必然的に祈りや願いという形をとるのである。

ちなみに、ジャン・スタロビンスキーも、「詩人の唯一の希望は、彼が発することのできる語《モ》の内に、到達することも支配することもできないもの、つまり光、死、危険といったものの反映を受け取ることである」と言っている。(24)

もう一つ『無知』から「終りが我々を照らしてくれるように」と題された作品を引用する。

我々と戦い　我々を締めつける暗い敵よ、
私が保持するほんの少しの日々の中で、
私の弱さと力を光に捧げさせて、ほしい、
そして　終りには私が閃光に変われるように。

我々の言葉《プロポ》に貪欲さと能弁さが少なければ
少ないだけ、言葉は余計ないがしろにされる
その言いよどみの中にも世界が　陶酔の朝と

夕べの軽さの間で　輝くのが見えるようになる。

我々の涙が我々の眼と　不安に束縛された
我々の人となりを　混乱させるように見えるのが少なければ少ないだけ、
眼差しはいよいよ明かるくなって前進するだろうし
道に迷った者たちには埋葬された門がはっきり見えることだろう。

消え去ることが私の光り輝く方途であってくれたらいい、
貧しさが我々のテーブルに果物をたくさんのせてくれたらいい、
死が、その意のままに近いものであればぼんやりしたものであれ、
汲みつくすことのできない光の糧であってくれたらいい。(25)

この詩作品の中で詩人は、人生を終わらせるものとしての死に向かって、冒頭の詩句で「暗い敵」とうたわれる死に向かって、「私の弱さと力を光に捧げさせて、ほしい」とうたい、「私が閃光に変われるように」と祈願している。

この詩作品では、前の二つの作品とは違って、自然は直接にはうたわれていないかもしれない。しかし、ここでも自然は光として人間を取り巻いている。そして、その自然としての光を人間＝詩人にもたらすのが「暗い敵」としての死なのである。そのことを、この作品の最初の節の「終りには私が閃光に変われるように」という詩句や最

終詩節の「消え去ることが私の光り輝く方途であってくれたらいい」や「死が（……）光の糧であってくれたらいい」という詩句に読み取ることができる。

先にも述べたように、この世での生そのものは死（と呼ぶことのできるかもしれない闇）によって前後を挟まれている。この世での生は死という永遠の闇から見たら一瞬の輝きであるのかもしれない。逆に言えば、生を一瞬輝かしてくれるものがあるとすれば、それはまさに死なのである。だからこそ、死は生の「光の糧」になりうるのである。

詩人がそのことを実感するのは自然との出会いを通してである。詩人は、自然との出会いを通して自分という存在に対する強固な意識や自分に対するこだわりを限りなく弱めつつ、自分を取り巻く自然の声に耳を傾ける。そのことで、自分自身が透明になる、自分自身が言わば消滅する。この自分自身の透明化に呼応するかのように、生の縛りとしての死、生の制限としての死、生に枠組みをはめていた死そのものが透明になり、ついには、光を生み出すものになる。これは、一瞬の出会いに生じる「たまゆら」で「はかない」時空でしかないとしても、それだけ貴重で稀有な時空なのである[26]。

こうした時空に身を置く一瞬、詩人は日常生活を領略することばの一義性に代表される制限をはみ出す。そのことを通して、制限あることばを宰領する自分、あるいはそれに宰領される自分という自己意識を超える。そして同時に制限あることばが構築するありとあらゆる知識から遠ざかる。フィリップ・ジャコテも、この知識からの遠ざかりとしての無知あるいは無に、詩の源泉があると考えて、「無から始めること、それが私の掟だ」と言っている[27]。

知識からの遠ざかりとしての無知からすべてが始まるのは、この無知の中にこそ、何の妨げもなく自然のことばが流れ始めるからである。無知や無とは、換言すれば、ことばを操ろうとしない、ことばを支配しようとしないことである。逆に、自然のことばに身を任せることなのだ。マラルメも「語に主導権を譲り渡す」と言っている。(28)極めて意識的な詩人であると言われるマラルメでさえ、その最終的な局面においては、ことばを意識的に動かすのではなく、ことばに動かされてしまう。

ところでフィリップ・ジャコテは、ことばとの出会いという詩的な経験が、「我々の存在の源泉には、中心そのものには、未知なるもの、把握することのできないものがある」(29)という考えをもたらしてくれると述べている。ジャコテの言う「未知なるもの」「把握することのできないもの」とは、同時に人間の生を取り囲む死の姿とも似ている。

人間は生まれたときから常にすでに死に宿命づけられている。誰もこの死という一種の制限、終わりを免れることができない。しかし、多くの人にとって、生そのものを終わらせてしまうように見える死は恐ろしいものである。その恐ろしさを軽減し、さらには消滅させようとして、宗教に身を委ねる人もいるかもしれない。何故なら多くの宗教は、ここと今という現在の時空、いわゆる現世だけが存在するのではなく、来世、あるいは永遠の世界を措定し、さらにはここと今という現在に生きるしかない人間を超えた存在としての神＝超越者を措定することで、死を超越する、さらには死を無きものにしようとする。そしてまさにそれを信ずる者は救われると宗教は説くのである。

一方で、宗教に身を委ねるのではなく、自然のことばに身を任せる詩人フィリップ・ジャコテにとって、死はこの世での生に光をもたらすものとして現象するように祈願されている。(30)

ジャコテにとって詩のことばは、前述したように、自然からの語りかけに耳を傾け、さらにはそれに身を任せることから生まれるものであった。この自分＝人間のことばを超えた自然のことばとの出会いや触れ合いは、死から見ればすでにして一種の隙間である生の時空に一瞬穿たれたもう一つの隙間での出会いや触れ合いなのである。そして、そのもう一つの隙間を通して垣間見られるものが死であるとすれば、その死が闇ではなく、無知や無に限りなく接近しようとする生に光をもたらすものとして現象する、あるいは現象することが願われていることになるのである。

そうした動きをうたうフィリップ・ジャコテの詩作品をもう一つ引用しよう。

これは、『教え』という詩集に収められた「そして　いま　天空の滝のまっただなかの私」という詩句で始まる作品である。

そして　いま　天空の滝のまっただなかの私、
大気の髪に包まれて、
ここ、この上なく輝く葉と対等、
鵟《のすり》と変わらないほど高く浮遊し、
目をこらし、
耳をすまし
――そして蝶々は　同じだけの失われた炎、
山々は　同じだけの煙――、
一瞬、私のまわりの　空の全円を
抱きしめると、死も含めてそのことが信じられる。

もう光のほかほとんど何も見えない、
遠くの鳥たちの鳴き声は光の結び目、

山？

日の足元の
かすかな灰。[31]

この詩の世界では、すべてが「光」になり、「鳥たちの鳴き声」でさえも「光の結び目」になっている。そしてその光と一体化した私は、最初の版では山とともに「燃え上がる」とうたわれていたが、後の版ではその山が「灰」になってしまっている。

ところでこの作品では、「死も含めてそのことが信じられる」とうたわれている。生にしろ死にしろ、それが何であるのかを明らかにすることは誰にもできないかもしれない。そうであるとしても、生や死は人間の周りの自然と同じように、あるいはことばの一義性のように、存在するのを止めることはない。

ここで詩人が「死も含めてそのことが信じられる」とうたうのは、自然とほとんど合一するかのように対面する一瞬に身を置くことで、生や死が透明になり明かるいものになるからであろう。[32] フランス語の原文では «j'y crois la mort comprise» となっていて、ここでの «comprise (→ comprendre)» という語は、知的に理解されるという動きよりも、むしろ字義通りに、死が生と共に、あるいは光と共に捕えられるという意味に解釈すべきかもしれない。[33]

こうして、生だけではなく死も含んだ（comprise）ものとしての、あるいはそこにおいては生と死を区別することのできないものとしての、光＝自然との出会いと触れ合いの一瞬がフィリップ・ジャコテの詩のことばの内に流れている。それがジャコテの詩を、彼と同時代の詩人たちの詩と区別する大きな特徴だと思われる。

最後に、フィリップ・ジャコテが自分の詩作品のことばの一側面について述べている『不在の形象と対面する風景』と題された作品の一部を引用しよう。フィリップ・ジャコテの詩作品が光＝自然をうたおうとするものであるとすれば、散文作品は、その光＝自然をうたう詩作品のことばのあり方について述べている。したがって、ここでも「光よりもむしろことば《パロル》の方に」注意が向けられている。

私がそうした風景を見るとすぐに、むしろ見るよりも前に——それを見るか見ないうちに、私は、そっと姿を消すものに引きつけられるように、風景に引きつけられるのを感じた。（……）同じように、私の歩み以上に、私の思い、私の視覚、私の夢想は絶えず何かとらえどころのないものの方に、光よりもむしろことばの方に、そして時として詩そのものに類似しているように思われるものの方に、引っ張られた。

この呼びかけを聞いていたのは、最良の私だったように思われる。そして私は最早その存在しか信頼しないようになった。そして私をその存在から迂回させていたかもしれないすべての声を次から次へと無視したのだ、ここではそうした声について言うことはしない、というのも、そうした声が、この遠くからのことばの持っている直接〔無媒介〕性と執拗〔継続〕性に対して、説得的なものや権威的なものを持ちうるとしても、そうした声の反論が私には空しいものに思えるからである。

直接〔無媒介〕的なもの、これこそ私の人生において疑いに抵抗することに成功した唯一の教えのように、私はそれに決定的にこだわるのである。というのも、こうしてすぐに私に与えられたものは、表面的な繰り返しとしてではなく、その都度驚嘆すべき発見のように、いつも同じように溌剌として、断固とした執拗さとして、後になっても私の元に戻ってくるのをやめなかったからである。今や、私はこの教えの理解を少し深めたようにさえも思われるが、そのためにこの教えが力を失うことはなかった。だがその全体を把握するような公式の内に教えを要約することは不可能だ。それに、生き生きとしたいかなる真理も公式に縮約することはできない。公式は、せいぜいのところ、ある国に入るのを可能にするパスポートなのであって、その国を発見するのはそのあとでなされることなのだ。そして結局本質的なものはすべて、迂回を経てしか、斜めにしか、ほとんど人目を忍んでしか接近することができないと考えるしかないのである。本質的なものそれ自体も、言ってみれば、いつも人の手をすり抜けるものなのだ。それは死さえもすり抜ける、ということがあるかもしれない。(34)

ともあれ、「直接〔無媒介〕性」、「執拗〔継続〕性」、「本質的なもの」という単語で表現される光＝自然との出会い＝触れ合いそのものは直接〔無媒介〕的なものであるのかもしれないが、それを直接〔無媒介〕的にうたうことはできない。したがって、直接〔無媒介〕性に対面する詩人にできることがあるとすれば、それを、直接〔無媒介〕的にではなく、斜めから間接的にうたうことだけである。(35)つまり、詩がうたおうとする世界そのものは、遂には人間が意識的に支配することができないのだ。詩人にできるのは、直接〔無媒介〕の時空という隙間を、フィリップ・ジャコテが「自分を生かしてくれる無限の開け」(36)と呼ぶ隙間を、一瞬さまようことだけなのである。

注

（1） Sous la direction de Michel Jarrety, *Dictionnaire de poésie de Baudelaire à nos jours*, PUF, 2001, pp. 241–243.

（2） Christine Bénévent, « Le texte en perspective » in Philippe Jaccottet, *À la lumière d'hiver*, Folioplus classiques, Gallimard, 2011, pp. 112–113.

（3） *Ibid.*, p. 164.

（4） ジャン・スタロビンスキーは、フィリップ・ジャコテの詩作品について、次のように言っている。「その〔ジャコテの詩作品の〕唯一の保証は、それが世界と取り結ぶ問いかけに満ちた関係である。（……）それ〔真実〕は、世界との関係が持つ質の中で明らかにされる、我々の方を向くと同時に我々の手からすり抜けるものとのつながりが持つ、常によみがえる正しさの中で、明らかにされる。」（Jean Starobinski, « Préface » in Philippe Jaccottet, *Poésie 1946–1967*, Poésie/Gallimard, 1971, p. 8.）

一方で、ジャン＝クロード・マチューは、人間を取り巻く世界あるいは風景を自然と呼ぶことに対するある種の留保が、フィリップ・ジャコテの中にあると言っている。それは自然という概念が、風景と対面する実際の経験にそぐわないという気持ちがジャコテにあるとマチューが見做しているからである。（Jean-Claude Mathieu, *Philippe Jaccottet l'évidence du simple et l'éclat de l'obscur*, José Corti, 2003, p. 102.）

（5） 次の作品を参照。Philippe Jaccottet, *Correpondance avec Gustave Roud 1942–1976*, Édition de José Flore Tappy, 2002. / *Correspondance avec Gieseppe Ungaretti*, 1946–1970, Édition de José Flore Tappy, 2008. / *La Semaison, carnets 1954–1979*, Gallimard, 1984. / *La Seconde semaison, carnets 1980–1994*, Gallimard, 1996. / *Carnets 1995–1998*. (*La Semaison, III*), Gallimard, 2001.

（6） フィリップ・ジャコテの詩の変遷についてはジャン＝クロード・マチューが詳しく述べている。（Jean-Claude Mathieu, *op. cit.*, pp. 7–156.）

（7） Philippe Jaccottet, *L'encre serait de l'ombre*, Poésie/Gallimard, 2012.

（8） フィリップ・ジャコテは空の高みと超越者の高みとを重ね合わせている。（Philippe Jaccottet, *Paysages avec figures absentes*, Poésie/Gallimard, 1997, p. 179.）

（9） Chantal Colomb-Guillaume, « Philippe Jaccottet et Heidegger / Pour une poésie de la présence » in *Europe* novembre-décembre, 2008, p. 150.

（10） Sophie Barthélémy, « Du tableau au texte » in Philippe Jaccottet, *À la lumière d'hiver*, Folioplus classiques, Gallimard, 2011, p. 101.

（11）次の文章を参照。「詩人は、自らを通して世界のことばが発せられる伝達者であり伝達手段である」（Rafael-José Díaz, « Une Transaction secrète / Lire et traduire Philippe Jaccottet » traduit de l'espagnol par Patrick Choupaut in *Europe* novembre-décembre, 2008, p. 194.）

（12）クリスティーヌ・ベネヴァンは、詩人に対する自然のある種の支配について、次のように言っている。「詩人には、こうした啓示、こうした幸運が、自分に与えられ、その後で、取り上げられてしまう瞬間を決定するいかなる方途もない。」（Christine Bénévent, *op. cit.*, p. 130.）

（13）Jérôme Thélot, *La poésie précaire*, PUF, 1997, pp. 121–141.

（14）フィリップ・ジャコテはアンドレ・ドテルについて述べながら次のように言っている。「このもう一つの世界から放たれる光は、裂け目や隙間を通してしか垣間見ることができない、それは『異邦の地域から』（だが我々が言うほどには異邦ではないのだ）我々の元にやってくるかもしれない輝きのようなものだ。」（Philippe Jaccottet, *La Seconde semaison, op. cit.*, pp. 66–67.）

（15）Philippe Jaccottet, *La Promenade sous les arbres* dans *L'encre serait de l'ombre, op. cit.*, p. 65.

（16）Philippe Jaccottet, *Taches de soleil, ou d'ombre*, Le bruit du temps, 2013, pp. 178–181.

なおこの文章は、本文でも少し触れたように、*Carnets 1995–1998* の一四四頁に記載されている「〈ニノフの谷〉から帰るときに見た風景の色を忘れないこと」で始まる手記を受けて書かれている。

（17）詩のことばが自分の中でどのように生まれるのかについて、フィリップ・ジャコテは次のように言っている。「そのこと〔「恩寵の状態」が語に変容すること〕が精神の内に措定する具体的な作用について知ろうとする気持ちが私にはほとんどない」（Philippe Jaccottet, « Une question de ton » in *Europe* novembre-décembre, 2008, p. 42.）

（18）Philippe Jaccottet, *Notes de carnet (La Semaison) IV* dans *L'encre serait de l'ombre, op. cit.*, p. 363.

フィリップ・ジャコテのことばをもう一つ引用しておく。「難しいのは書くことではなくて、書かれるものが自然に生まれるように生きることだ。」（Philippe Jaccottet, *La Semaison, op. cit.*, p. 236.）

（19）Philippe Jaccottet, *L'ignorant* dans *Poésie 1946–1967*, Poésie/Gallimard, 1971, p. 51.

（20）イザベル・ルブラはこの詩作品について、次のように言っている。「抒情の主体が形作られ、声となる、声が立ち上り祈りとなる。詩人は一瞬表明するのをやめ、彼自身に暇を告げ、詩作品にならって、自らを祈りに、（……）純然たる対話にする。詩人は火〔明かり〕を消された絶対に触れ、その内で創造する謎に合流するのだ。」（Isabelle Lebrat, *Philippe Jaccottet Tous feux éteints*, Bibliophane-Daniel Radford, 2002, p. 245.）

(21) 自然の超越的な働きについてはジャコテの次の詩句を参照。「そしてもし　花々に『内なるもの』があり　それを通って我々の中の最も内なるものが花々に合一し、花々と一つになるとすれば？／／　花々はあなたの手を逃れる。こうして、花々はあなたを逃れさせてくれるのだ、この野の何千という鍵は。／／もし人が見るとすれば、見るや否や、人は（それでも）より遠くを、見えるものよりも遠くを、見るのだとついに言えるのではないだろうか？／花々のかすかな裂け目を通して、のように。」(Philippe Jaccottet, *Et, néanmoins* dans *L'encre serait de l'ombre*, *op. cit.*, p. 506.)

(22) Philippe Jaccottet, *L'ignorant* dans *Poésie 1946–1967*, *op. cit.*, pp. 68–69.

(23) Hervé Ferrage, « Notice pour *L'ignorant* » in Philippe Jaccottet, *Œuvres* Gallimard, Bibliothèque de la Pléiade, 2014, p. 1835.

(24) Jean Starobinski, *op. cit.*, p. 13.

(25) Philippe Jaccottet, *L'ignorant* dans *Poésie 1946–1967*, *op. cit.*, p. 76.

(26) ちなみに、死と同じように、本来闇に結びつく夜について、ジャン＝リュック・スタインメッツは次のように言っている。「夜を通してもう一つの夜が現われる。そのもう一つの状態が、夜の闇が光の森であることを分からせてくれる、そして確かにジャコテが明らかにするのは（しばしば知的に把握するのが困難な）この変貌なのであるが、それでも至高性をそれに付与することはないのだ。」(Jean-Luc Steinmetz, *Philippe Jaccottet*, Seghers, 2003, p. 45.)

(27) Philippe Jaccottet, *La Semaison*, *op. cit.*, p. 56.

(28) Stéphane Mallarmé, « Variations sur un sujet » dans *Œuvres complètes*, Gallimard, Bibliothèque de la Pléiade, 1974, p. 366.

(29) Philippe Jaccottet, *Paysages avec figures absentes*, *op. cit.*, p. 179.

(30) ジャン＝ピエール・リシャールは、フィリップ・ジャコテの詩の中にうたわれる死について次のように言っている。「我々の死すべき定めを逃げようとしてはいけない、むしろ、逆にそれをしっかりと引き受けよう、その定めのしるしやイメージを熱心に育もう、それが我々の死すべき定めの彼方に飛び出す最良の方法になるだろう。」(Jean-Pierre Richard, *Onze études sur la poésie moderne*, Seuil, 1964, p. 267.)

(31) Philippe Jaccottet, *Leçons* dans *L'encre serait de l'ombre*, *op. cit.*, p. 239.

この作品には詩句に若干の異同がある。*Leçons* は一九六六年十一月から一九六七年十月の間に書かれた作品を集めて、最初は Payot/Lausanne から一九六九年十月に刊行された後、*Poésie 1946–1967* に収められた。ところが、一九七七年に *À la lumière d'hiver* précédé de *Leçons* et de *Chants d'en bas* を Gallimard から刊行する時に、ジャコテはこの作品の一部の詩句に修正、変更をほどこした。

それが二〇一二年の *L'encre serait de l'ombre* にそのままの形で継承されている。
初版においては、二行目が「大気の髪の中　上から下へねころんで」、となっていて、最終の三行が「日の光の全山に火がつく、／／それはもう私の上に被さらない、／／それは私を燃え上がらせる。」となっていた。また、「そして　蝶々は（……）同じだけの煙」の二行が（　）で括られていた。（本書第I部第一章の四七－四八頁参照）

ところで、この引用詩とよく似た情景をうたった作品が *À la lumière d'hiver* suivi de *Pensées sous les nuages*, Poésie/Gallimard, 2011, p. 135 にあるので、それを引用しておこう。ただし、ここでは「私」が「我々」に変化している。「今我々はこの山の道を登っていく、／（……）大きな形が空の中を歩いているようだ。／／光が強くなり、空間が増大する、／山々がいよいよ壁に似たものではなくなり、／山々が輝き、山々もまた増大する、／大きな門番が我々の上方で行き交っている――／そして鵟《のすり》がゆったりと、いとも高く、描く言葉《モ》、／それはもし大気が消したら、もう聞く〔理解する〕ことが／できなくなってしまうと我々が思っていた言葉ではないのか？／／そこで我々は何を跨ぎ越したのか？／青い耕作によく似た、幻影か？／／この手の／痕跡を、一瞬をすぎても、我々は肩に保ち続けるのだろうか？」

（32）ちなみに詩集『低みからの歌』の「話す　三」の中に、生を横切る川としての「死さえも」、詩のことばの後について行けば、「渡れるように思われる」という詩句がある。(Philippe Jaccottet, *Chants d'en bas* dans *L'encre serait de l'ombre, op. cit.*, p. 252.)

（33）この引用詩句の世界とどこかで結びついているように思われるフィリップ・ジャコテの文章を二つ引用しておく。
「〔山を登ってきた〕我々の足跡がいかにも軽々としたものであるこの世界そのものも、その飛行範囲がそれほど広大なものではなく、その飛行時間も限られたものである蝶の代わる代わる輝いたり暗くなったりする翅でしかない。こんなにも壊れやすい領域にいて我々は呼吸することができるのか、そして煙でしかないこの大地の上に我々は何を打ち立てようとするのか？」(Philippe Jaccottet, *Éléments d'un songe* dans *L'encre serait de l'ombre, op. cit.*, p. 86.)
「『私は滝の内部に棲む』。あたかも〈時〉が我々を消尽するものであるだけではなく、同時に我々を包み込むこの甘美な涼しさでもあり、この光の破砕でもあり、この浄化する流れでもあるかのように……」(*Ibid.*, p. 99.)

（34）Philippe Jaccottet, *Paysages avec figures absentes, op. cit.*, pp. 21–22.

（35）詩のことばの間接性について、ジャコテは次のように言っている。「言葉《モ》がひとりでに到来するためには人は眠らなければならないようだ。それについて人が想いを向けるよりも前に、言葉は既に到来していなければならないのだろう。」(*Ibid.*, p. 77.)

（36）*Ibid.*, p. 155.

第Ⅲ部

第八章　文学のかたち――ヴァレリーとブランショをめぐって――

I　ことばと世界

ポール・ヴェルレーヌに「詩の技法」と題された作品がある。それは、「何よりも音楽を、／そのためには　茫漠として大気にとけゆく／〈奇数脚〉の方がいい、／そこには重々しく気取ったものは何もない。(De la musique avant toute chose, / Et pour cela préfère l'Impair / Plus vague et plus soluble dans l'air, / Sans rien en lui qui pèse ou qui pose.)」という詩句で始まり、次のように終わっている。「君の詩句がミントとタイムを／香らせる朝のきりきりする風に／散るよき出来事であればいい……／そのほかはすべて文学。(Que ton vers soit la bonne aventure / Éparse au vent crispé du matin / Qui va fleurant la menthe et le thym ... / Et tout le reste est littérature.)[1]」

ヴェルレーヌのこの詩では「文学」ということばが、詩の核心を形成する「音楽」からみたら余計なもの、余分なものと見做されている。詩人がここで考えている「文学」は、具体的には、音楽（や絵画）にとって実現することの困難な作用である感情や感覚、さらには行動や出来事の直接的な表現のことを意味するのであろう。

詩人にとって最も重要なことは「音楽」という、ことばでは直接に表現することのできない何ものかであることが理解されるが、しかし、それも文学のかたちの一つなのではないだろうか。つまり、ヴェルレーヌはここで本当の詩、いわゆる「文学」を超えたものとしての「音楽」によって表象される詩と、そうではないいわゆる「文学」とを区別している。

文学には、本来さまざまなかたちがあると考える方が現実的であるかもしれない。詩人の数だけ、小説家の数だけ、評論家の数だけ、劇作家の数だけ、それぞれ異なった文学のかたちはあるのだ。ということは、逆に表現すれば、文学とはそもそも何であるのかという問いには、一つの確固とした答が存在しないことを意味する。

文学とは何か。こうした問いを投げかけることはできるかもしれないが、この問いにいきなり答えるすべはないかのようだ。だからこそ、つまり、「文学とは何か」という問いに応答することができないからこそ、文学は、文学と呼ばれるものは、あり続ける。あたかも生や死とは何かという問いに応答するすべがないにもかかわらず、あるいは応答することができないからこそ、生や死があり続けるかのように。

実際に、小説や詩や評論などが今も出版され続けている。「文学とは何か」に答えることができないとき、そこにもう一つの問いが浮かび上がってくる。それは、我々は何故文学に惹かれるのかという問いである。

我々が文学に惹かれるというとき、我々は（そうしたものを考えることができると仮定したときの）文学そのものに惹かれるのか、それとも、文学がことばのつらなりを通して、ことばのつらなりの場で表現しようとする心の動きに、例えば、喜びや悲しみといった心の動きに触れ合い、出会うことによって出現する感動に、惹かれるからなのだろうか。

心の震え、感動を求めて我々は文学に向かうとしても、しかし、この喜びや悲しみそのものは文学なのであろうか。よく考えてみると、喜びや悲しみそのものというとき、そんなものはあるのかと問い直すこともできる。（あたかも文学そのものというようなものがあるのかと問うことができるように。）事実、人がある場面に出会って、喜び悲しむとき、そこには必ずことばの介入があるのではないか。ことばのない喜び、ことばのない悲しみというものはあるのか。そもそも喜びや悲しみという心の動きは、喜びや悲しみということばによってしか表現されえない、もっと言えば、存在しえないものなのではないのか。

こうして、心の動きとことばのつらなりとは、切り離し難く結びついているかのようだ。喜びや悲しみという心の動きは、人がことばとある意味で一体化する（かに見える）過程を経て出現するものといえる。

そこで先ほどの問い、文学に何故惹かれるのかに戻ろう。

それは、我々が感動したがっているからなのだ。逆に言えば、感動のない状態、心が動かない状態に耐えられないからだ。もっと言えば、ことばのない状態に我慢できないからなのだ。こうして、感動を求めることとことばを求めることとが一つに重なる。

あとは、うまい、へたの問題に移っていくのだろうか。つまり、いかにうまく喜びや悲しみを創りだすか、いかに巧妙に人の心を動かすようにことばを並べていくのかという問題に。技能や技術の問題に。練習や訓練の問題に。

しかし、ここにもう一つ厄介な事実がある。それはことばがあるいは人の心が、技術や訓練によって支配されきってしまうものではないということだ。ことばや人の心は、技術や訓練の単なる対象物ではないということだ。もっと言えば、フロイトが発見したといわれる無意識が、意識の支配を逃れるように、ことばや人の心は技術や訓練という作業になじまないところがある。

我々が問題として取り上げるモーリス・ブランショのことばを使えば、技術や訓練や意識の世界は昼の世界であるとすれば、ことばや人の心や無意識の世界は夜の世界なのだ。

もちろん、ことばや人の心や無意識といっても、いきなり、それがことばだけの世界、心だけの世界、無意識だけの世界として存在するわけではない。ことばにはそれが表象しようとすることがらやものの世界、現実の世界がなければ、ことばはことばとして存在しえない。

現実の世界がなければ存在しえないことばは、ある意味において、想像の世界のものと言ってもいいかもしれない。しかし、忘れてならないことは、逆に、ことばという想像の働きがなければ、ものやことがらという現実も存在しえないということである。先ほどの喜びや悲しみという心の動きが、喜びや悲しみということばがなければ存在しえないのと同じである。

もう一度、ことばや心と技術や訓練との関係に話を戻そう。十九世紀に、ことばや心は、技術や訓練を通して支配することができると考えた、ある意味で妄想を抱いた詩人が現われた。アメリカのエドガー・アラン・ポーである。彼は一つの詩作品を意識の完全な支配の下で創造することができると主張した。[2] その考えに一時《ひととき》共鳴した詩人がボードレールであり、マラルメだった。[3] しかし、マラルメは、最終的に意識の支配を逃れる「偶然」という要素を廃棄することはできないことを認めざるを得なかった。[4]

先ほどのブランショのことばを使ってもう一度言えば、ことばや心や無意識という夜の世界に、技術や訓練や意識という昼の世界の光を当てようとすることはできるかもしれない。ある程度はそれも可能であろう。しかし、光を当てられた部分の夜の世界は、その当てられた光のために、夜であることを止めてしまう。

ブランショが一九五五年の『文学空間』で追求しようと企てたのは、夜の世界のまさに夜であることの神秘を究めようとすることだ。昼の世界に決して引き渡されることのない夜の世界の神秘をそれでも究めようとすることだ。それは無謀な、不可能としか思えない試みなのかもしれない。

II　ヴァレリーと文学

ことばのつらなりで構成された文学は、こうして、極めて曖昧なあり方をしていることが、あるいは曖昧なあり方でしか存在しえないことが感じられる。

この曖昧さに耐えられなかった詩人・文学者の一人がポール・ヴァレリーである。あたかも、アルチュール・ランボーが文学の持っているどうしようもないくだらなさ、無力さあるいは嘘っぽさを強烈に思い知らされて、二十歳で文学を放棄してしまうように、ヴァレリーは、青年時代の危機を境にして、二十年間いわゆる文学から遠ざかる。

一九一七年に、友人のアンドレ・ジッドの勧めで再び詩を作り始め、『若きパルク』や『魅惑』という作品、その純粋さやクリスタルのような透明さにおいてフランス詩の頂点にまで登りつめた作品を創り上げる。

このヴァレリーがまさに文学の曖昧さを何とか軽減しようと試みて、さまざまな文学論を書いた。具体的に観察してみよう。彼は、一九三九年、第二次世界大戦が始まる年に、オックスフォード大学で「詩と抽象的思考」と題した講演をする。その中から、何箇所か、ことばや詩や散文についての彼の考え方、明白で明晰な彼のことばの展開を見てみよう。

最初は、ことばの機能について述べる件《くだり》である。

例えば、「時間〔天候〕（temps）」ということばが飛んでいるのをさっと捉えてみる。このことばは、言説（discours）の中で本領を発揮していた限りにおいて、何かを表明しようとする誰かによって発話されていた限りにおいて、絶対的に清澄で、明確に、誠実に、忠実に遣われていた。だがこうして、羽根を摑まれてたった一つにされてしまう。すると、そのことばが復讐する。それは、自分が果たす機能よりも多くの意味が自分にあることを我々に信じ込ませる。それは、手段でしかなかったが、こうして今や、目的になった、哲学のぞっとするような欲望の対象になったのだ。それは、思考の謎、深淵、懊悩に変容する。（……）

それぞれのことば、ことばの一つ一つは、我々が、思考の空間をかくも素早く跨ぎ越すことを、自《おの》ずから表現となって形成される考えの衝動についていくことを、可能にしてくれるのだが、それらは、人が断層の上に、あるいは山の亀裂の上に渡す頼りない板、俊敏な動きのうちに人が通るのを支えるそうした板のように私には思われる。だが、力を入れずに通るように、立ち止まらずに通るように、——そして、なかんずくその細い板の耐久力を確かめるために、その上で面白がって踊らないように……もろい橋はすぐにもひっくり返ったり、折れたりする、そして、何もかもが深みの中に落ちてしまう。皆さんの経験に問いかけてほしい。すると、我々が他者を理解し、そして我々自身を理解するのは、まさにことばの中を我々が移動するその速さのおかげであることがお分かりになるだろう。決してことばについてあれこれ論じることをしてはいけない、さもないと、最も明白な言説でも、多かれ少なかれ知的装いを凝らした謎や幻想に分解されてしまうのに立ち会うことになるのだ。[5]

ヴァレリーのこの一節には、なるほど、ことばの持っている謎めいた側面が読み取れる。ことばは確かに、一つのことばともう一つのことばとが出会い、つながり、流れるその動きの内でしか生きた働きをしない。一つの具体的なことばを取り上げてその意味を問うこと、あるいは一般的にことばとは何かと正面から問うことは、あたかも生とは何か死とは何かを正面から問うことと同じように、そこにはいきなりの答えはないかのようだ。だから、ヴァレリーは、そうした正面からの問いかけを止めてしまう。そうした愚鈍に見える問いを遠ざけて、明瞭に意識化でき、明晰に言語化することのできる現象だけに注意を集中することになる。細く脆い板の上で立ち止まるな、と自分や他人に言いきかせる。ここには、ことばの意味そのものよりも、ことばの機能の方を重要視するヴァレリーがいる。その反映が次の逸話の内に読み取れる。

偉大な画家であるドガは、マラルメの次のようないかにも正当で単純なことばをよく私に話してくれた。ドガはときとして韻文詩を作ることがあった、そして、幾つか見事なものを残した。しかし、絵画に比べたら副次的なこの作業に大きな困難をしきりに感じていた。(それに、彼はいかなる芸術にも可能な限りの困難さを導入するような男だった)。彼はある日マラルメに言った。「あなたの仕事はまるで地獄のようなものですな。私は自分の思う通りのものをどうしても作ることができません、私には考えはいっぱいあるのですが……」するとマラルメは彼に答えた、「ドガさん、韻文詩は、考えを使って作るのではありません。それはことばを使ってですよ」(6)。

マラルメのこのいささか嫌みっぽい放言は、ヴァレリーを面白がらせている。確かに詩は、特にマラルメが到達しようと目指す詩は、ある確固とした意味や考えを、ことばを使って、ことばの場で、表現しようとするものではない。つまり、ことばを手段として、ことばの外にあるかもしれない思考や感情を表現しようとするのを目的とするものではない。冒頭でも述べたように、ことばと思考や感情とは分ち難く結びついている。

ここでは、ことばと考えを切り離そうとするドガに、マラルメがそんなことは不可能だということを遠まわしに言っている。

ヴァレリーは、この切り離すことのできないことばと心の動きの関係をさらに突き詰めて、ことばの意味ではなく、ことばのリズムが詩には重要な要素、むしろ第一原因であるかのように、自らの回想を次のように述べる。

「海辺の墓地」という私の詩は、私の中ではあるリズムから始まった、それは四－六で区切られる十音綴のフランス語の韻文詩のリズムであった。私にはまだこの形態を満たすべきいかなる観念もなかった。少しずつことばが漂いつつも固定されて、主題が徐々に決定されると、仕事（とてつもなく長い仕事）が必要となった。(7)

「海辺の墓地」というヴァレリーの代表的な作品の出発点にまずあったとされる四－六のリズム。それは、例えば次のようなものだ。この作品は大変長いものだが、冒頭の六行だけ引用してみる。真昼の太陽が、屋根に喩えられた地中海の静かな海に反射している、その海面には鳩に喩えられた漁船の白い帆も見えている。

鳩の歩く、この静かな屋根が、
松の間でゆれている、墓の間で。
正義の〈正午〉が火で作り上げている

海を、いつも再開される、海を！
おお　ひとときの思索の後の報いよ
神々の静寂への長い眼差しよ！

Ce toit tranquille, où marchent des colombes,
Entre les pins palpite, entre les tombes ;
Midi le juste y compose de feux
La mer, la mer, toujours recommencée !
Ô récompense après une pensée
Qu'un long regard sur le calme des dieux ! (8)

ヴァレリーは何か言いたいこと、訴えたいこと、言わずにおれないことがあって作品を作り始めたのではないことに注目したい。ある考えがあって、ある感情があって、それをことばを使って、ことばの場で表現しようとしたのではない。もしそうであれば、ヴァレリーの詩に限らず、誰の詩作品でも、あるいは小説作品でも、詩人や小説家はこういうことが言いたかったという形でその作品の要約をすることができることになる。そして、その要約が読者に理解されるとき、作品そのものは必要ではなくなるかもしれない。

しかし文学に限らず、絵画も音楽も彫刻も建築も具体的な作品の全体こそが重要なのであって、その要旨なり要約なりがもし可能であるとしても、それが具体的な作品全体の肩代わりをすることは決してない。

ヴァレリーの「海辺の墓地」の場合も、最初にあったのは、そして最後に残るのも、おそらくはリズムなのではないか。四－六で区切られる十音綴のリズムがまずあって、そこにどんなことばのメロディーをのせるのかについてヴァレリーは長い時間をかけて、先にその名前を挙げたエドガー・アラン・ポーの詩の構築術を思わせる極めて意識的な作業に取り組むことになる。

ところで、ポール・ヴァレリーは詩、特に韻文詩と散文とはその作り方が全く違うものであると考えている。言わば、リズムから始まりリズムで終わる詩と、意味から始まり意味で終わる散文との違いについて次に見てみよう。

ごく幼い子供のことを考えてみてほしい。私たちがかつてそうであった子供は自分の内に多くの可能性を秘めていた。生まれて何ヶ月も経つと、彼は同時に、あるいはほとんど同時に、話すことと歩くことをおぼえた。二つの型の行動を獲得した。彼は今や二種類の可能性を所有していることになる、一瞬一瞬の偶然の状況が、彼の欲求やさまざまな想像力に応じて、自分にできることをそうした可能性から引き出すであろう。

自分の脚を使うことをおぼえると、彼は自分が歩くことだけでなく走ることもできるという発見をするだろう、そして、歩いたり走ったりするだけではなく、踊ることもできるという発見をするだろう。これは大きな出来事なのだ。彼は、自分の手足にとっての一種の副次的な有用性、自分の動作様式の広範化を同時に創出し発見したのだ。実際歩行がつまるところかなり単調で、改良の余地のほとんどない活動であるとすれば、この新しい行動形態である「舞踏」は、無限の創造と変容あるいは形象を可能にする。

しかしことばの面においても、彼は同じような展開を見出さないであろうか。彼は話す能力の可能性を高めるであろう。ジャムを求めたり、犯してしまったちょっとした罪を否認することよりももっと多くのことができるという発見をするだろう。推論の力を自分のものにするであろう。一人でいるとき、自分を楽しませるような作り話をこしらえるであろう。それが奇妙だから神秘的だからという理由で好きになるいくつかのことばを繰り返すこともあるだろう。

こうして、「歩行」と「舞踏」に対応するかのように「散文」と「詩」という対立する型が彼の中で位置を占めて区別されるようになるだろう。(9)

詩と散文の違いをそれぞれ舞踏と歩行の違いに喩えて説明するのは、実は何もヴァレリーが始めたわけではない。十六―十七世紀の詩人マレルブによれば、十七世紀の詩人ラカンがそのことをすでに言っていたことをヴァレリー自身も先の引用のすぐ後で言っている。(10)

ここで注意すべきなのは、ヴァレリーが詩と散文のあり方を明白に区別することにいささかも躊躇しないことだ。詩のあり方と散文のあり方とは全く違う、これがヴァレリーの考え方である。自分の外側に、言わば客観的に存在している相違としてヴァレリーは、詩と散文を捉えている。

こうしたヴァレリーの考え方、つまり詩と散文との区別というレベルにとどまって文学を考察する考え方の背後にあるのは、彼の人間(の能力)に対する信頼なのだ。人間中心主義とも言えるこの感覚は、彼が育った地中海の自然が育んだものだ。ヴァレリーに「地中海の霊感」という一九三三年に行なった講演をもとにしたエッセイがあるが、そこで、ギリシャのソフィストの祖と言われるプロタゴラスのことば「人間は万物の尺度である」を引用しながら、個々の場面でさまざまに変容する特殊で具体的な自我ではなく、それらの多様な自我をすべて支配するものとしての普遍的な自我を想定している。(11)これは、自然の中心に人間がいるように、さまざまな自我の上に普遍的な、あるいは純粋な自我が存在することを意味している。つまりそこには、人間=自我に対する信頼がある。だからこそヴァレリーは、病気のジッドが、キリストをめぐって「自己犠牲」ということばを発したとき、ジッドがうわごとを言っているとしてあわてたのである。(12) ヴァレリーには、人間を超えたものとしての神の存在は考えられなかった。

III　ブランショと文学

ヴァレリーが詩と散文を明確に異なるものとして区別したのは、今見てきた通りだ。このことに関して、モーリス・ブランショはどう考えているのだろうか。この切り口からブランショの文学について考えてみたいと思う。そこで、ブランショが一九五五年の『文学空間』で取り上げた一つの逸話、「オルフェウスの眼差し」と題された節で取り上げた逸話をめぐって考察を進めて行きたい。

まず、「オルフェウスの眼差し」の冒頭の部分を引用する。

オルフェウスがエウリュディケの方に降りて行くとき、芸術は、夜がその身を開くような威力（puissance）である。芸術の力によって、夜はオルフェウスを歓待する、それは第一の夜の歓待してくれる親密さ、協調（entente）、和合になる。だが、オルフェウスが降りて行ったのは、エウリュディケの方なのだ。エウリュディケは、彼にとって、芸術が到達することのできる究極である、彼女は、彼女を隠蔽する名前の下で、彼女を覆うヴェールの下で、深々とした昏冥の地点（point）である、その地点の方に芸術、欲望、死、夜が向かうようにみえる。彼女は夜の本質がもう一つの夜として接近する瞬間なのだ。

「地点」といっても、オルフェウスの企て〔作品〕（œuvre）はそれでも、深みの方に降りることでその「地点」への接近を確固たるものにすることにあるわけではない。彼の企て（作品）、それは、その地点を昼の光に連れ戻すこと、昼の光の中でそれに形態や形象や現実性を与えることだ。オルフェウスは何でもできる、その「地点」を正面から見つめることを除いて、夜の中で夜の中心を見つめることを除いて。(13)

いきなりこうした文章を前にして、読者は、ブランショの文章を特徴づける難解な用語法にとまどうかもしれない。彼には読者に解かり易い明解な文章を提供しようとする親切心はないかのようだ。それは、しかし、親切であるとか意地悪であるとかという問題ではない。読者の理解を考慮するあまり、明解な文章を書くことで、ある重要なことがらが失われてしまうかもしれない。

ブランショを読むとは、ブランショのことばを忠実に辿ることだ。オルフェウスがエウリュディケの方に向かう動きを述べたこの箇所で注目すべきは、「その地点の方に芸術、欲望、死、夜が向かうようにみえる。彼女は夜の本質がもう一つの夜として接近する瞬間なのだ」という文章である。

芸術、欲望、死、夜がどうして並べられているのか。

芸術はオルフェウスのうたの力、そのおかげで冥府の通行が可能になったうたの力である。欲望は、オルフェウスのエウリュディケに対する愛の動きだと思われる。死は、エウリュディケの死というオルフェウスの冥府への降下の原因。夜は、エウリュディケを閉じ込める冥府の闇のことだろうか。いずれにしても、それらは、ブランショが文学について考えをめぐらすときに、欠かすことのできない要素なのである。

そして、夜の本質とは、冥府での夜と一体化したエウリュディケのあり方を表現し、もう一つの夜とは、それでも地上に連れ戻されようとしている限りにおいて、つまり、ことばと何らかの関わりをもたされようとする限りにおいて、冥府の夜とは決して一体化しないエウリュディケのあり方を意味していると考えることができる。

これは、一つの解釈、読み方にすぎないが、それにしても、ブランショは何故かこうした解釈がなければ、何のことを言っているのか全く解からないような様相を呈する文章を書く。どんな読者でもその意味がすぐに理解できるような文章を書くことを目指そうとはしていないかのようだ。

一つの単語が一つの意味とだけ結びつくとき、意味やイメージは明確な輪郭線をもって鮮明に浮かび上がってくる。ブランショの場合は、たとえ散文であれ、明確なことばを構成する意味の一対一対応が目指されてはいない。彼のことばのつらなりには、飛躍や抽象が観察される。明確な論理のつながりがそこでは途切れてしまう。読者はそこで一時《ひととき》、あるいは永遠に作者に置いてきぼりを食らわされてしまう。この置いてきぼりは、しかし同時に、読者自身がことばのつらなりから一時《ひととき》顔を上げて自分で考える、感じることを要請している。

ともあれ、この最初の引用文では、オルフェウスにとってのエウリュディケの冥府でのあり方と、妻を地上に連れ戻すオルフェウスの企て〔作品〕が述べられていた。

次の引用に移る。

だが、オルフェウスは、その移り行きの動きの中で、完成しなければならない企て〔作品〕を忘れてしまう、それも、必然的に忘れてしまう、何故なら、彼の動きの最終の要請とは、企て〔作品〕が存在することではなく、誰かがその「地点」に面と向かって立つことであり、誰かがその「地点」の本質を把握すること、それがあらわれるところで、それが本質であり、本質的なあらわれであるところで、つまり夜の中心において、その本質を把握することだからである。(14)

この文章でブランショが言いたいことは何であろうか。

いささか結論じみたことを今言ってしまうとすれば、それはまさにこの「地点」こそが、冥府にいるエウリュディケが象徴するこの地点こそが、ブランショの考える文学の起源、始原、原点（origine）であるということだ。それにしても、文学の起源というようなものは果たして存在しているのであろうか。

ブランショはこの時期、そうしたものが存在している、少なくともそうしたものの存在を求めていた。文学の起源とは、文学を文学たらしめているものだが、それをいきなりはっきりと昼の光で鮮明に照らし出すことはできない。いきなりそれを摑むことはできない。中原中也は「言葉なき歌」で「あれはとほいい処にあるのだけれど／おれは此処《ここ》で待つてゐなくてはならない」とうたっていた。[15] 中也は、「あれ」を求めてオルフェウスのように冥府に移りゆくことをしなかった。

死んで冥府にいるエウリュディケを生の世界に連れ戻す、これがオルフェウスの最初の企てだった。しかし、ブランショはそれは彼の最終の企てではないと言う。

ブランショのこうした考え方は、オルフェウス自身にしてみれば、とんでもない誤解、あるいは邪推なのかもしれないが、ブランショの考えるオルフェウスの最終の企てとは、冥府にいる、その限りにおいて死んで夜の闇の中にいるエウリュディケを見ることなのだ。昼の光の中に連れ戻して昼の光の中の、生の中のエウリュディケに対面することは、オルフェウスにとっては最重要の要請ではなくなった。

生を生たらしめているかもしれない死を、死の本質である夜の闇の中で見ること。ブランショもドストエフスキーと同じように、現実の世界において、自分を殺そうと準備された銃の前に立たされた経験を持つ。第二次世界大戦の最中、銃殺寸前の「彼」をロシア兵が見逃してくれたという記述が『私の死の瞬間』にある。[16]

生は生の中に包まれているときよりも、死を前にするとき、生として激しく認識されるかもしれない。だからこそ、オルフェウスは死や夜の真っ只中にいるエウリュディケを見ようとするのだ。ブランショは、それを霊感の働きと見做している。その文章を引用する。

もし世間がオルフェウスを裁くとしても、作品は彼を裁かないし、彼の過ちを暴かない。作品は何も言わない。そしてすべては次のように進む、あたかも掟に背くことで、エウリュディケを見つめることで、オルフェウスは、作品の深い要請に従うことしかしていなかったかのようであり、霊感を受けたそうした動きによって、彼は冥府から闇の亡霊をしっかりと奪い返し、それを知らず識らずに作品の大いなる昼の光の内に連れ戻したかのようである。

うたへの気遣いもなく、掟を忘れる欲望の焦りと軽はずみの内で、エウリュディケを見つめること、これこそがまさに霊感なのだ。霊感はしたがって、夜の美しさを空虚の非現実性に変容させ、エウリュディケを亡霊に、オルフェウスを果てしなき死者にするのだろうか。霊感はしたがって、夜の本質が非本質的なものになり、最初の夜の歓待してくれる親密さがもう一つの夜の欺瞞の罠になるこうした疑わしい時機なのだろうか。それ以外ではありえない。[17]

ここでブランショが作品と呼んでいるものは、具体的な文学作品なり芸術作品のことであろう。そうした作品、オルフェウスの過ちを暴くことも裁くこともしない作品は、自らが作品として残りつつも、最終的には作品としての形を解体されてしまうことを要請する。先ほどのことばを用いれば、作品そのものがその起源に限りなく接近することを要請する。

うたがうたとして完成されることよりも、うたが自らを超えるものとしての起源に立ち向かうこと、そうした動きをうたや詩人にもたらすものが霊感である、とブランショは言う。霊感ということばは多くの場合、詩人に作品の構想を吹き込むことによって、作品の生成（＝完成）を促す超自然的な働きを意味しているが、ここでは逆に、作品をその起源に限りなく接近させることを通して、具体的な個々の作品を解体させる働きを要請するものとして用いられている。

うたがうたを超えるものとしての起源に立ち向かう、これについて次のようなことを考えてみたい。

例えば、芭蕉は「閑さや岩にしみ入る蟬の声」[18]とうたった、あるいは「古池や蛙飛こむ水のをと」[19]とうたった。「閑さ」や「古池」という沈黙、無言、静寂が人にうたをうたわせるとしても、そうしたものに到達するためには、「蟬の声」や「水のをと」を通らなければならないし、あるいは逆に、沈黙、無言、静寂が、「蟬の声」や「水のをと」といううたをうたわせるのだ。

いきなり、「閑さ」や「古池」が、それだけが出現することはない。むしろ、「閑さ」や「古池」は、「蟬の声」や「水のをと」があって初めて出現する、「蟬の声」や「水のをと」にかき消されて初めて沈黙、無言、静寂という人にうたをうたわせるものが出現するのだ。かき消されて初めて出現する動きは、ブランショの『すべてが消滅した』が現われる（« Tout a disparu » apparaît.）[20]」という文章の内にこだましている。

ブランショにとって、作品は自らの存在・存続を最終の目的としてはいない。むしろ、自らの起源に接近することを最終の要請としている。たとえそれが自らの存在・存続を終えるもの、超えるもの、破壊するものであるとしても、自らの起源への接近を目指している。もちろんそれは、あくまでも最終の要請なのであって、それが企てられるためには、あらかじめの作品製作という作業が必要であることを忘れてはならない。

　別の観点から論じてみる。オルフェウスはエウリュディケを愛する。生身のオルフェウスの眼前にいるとき、ことばはいらない。ただ、本章の冒頭でも述べたように、愛するという感情は、愛するということばがあって初めて存在するものであるとすれば、ここで言うことばはいらないというときのことばとは、芸術作品に代表される極めて意識的な作業の内で用いられることばであることに注意しておこう。そうした意識的な作業としての作品を目指して用いられるようなことばはいらない。愛ということばさえも、あるいはまさに愛ということばこそ必要ではない。

　愛ということばは、生身のオルフェウスと生身のエウリュディケが切り離されたときに初めて生まれる。愛のうたが生まれる。それは言わば、愛を求めるうた、愛を喪失したうた。たとえそれが、愛の歓びをうたっているとしても、それはうたの歓びではあっても、愛そのものの歓びではない。過ぎ去った愛の歓び、あるいは未だ来ていない愛の歓びである、その限りにおいて、不在の愛の歓びなのだ。

　愛をうたうのは、愛の対象がここと今にないからである。逆に言えば、愛をうたうことで、ここと今の現前の愛が不在の愛に変わってしまう。ちなみに、ピエール・ジャン・ジューヴという二十世紀に活躍した詩人がいるが、彼が、愛する女性、エレーヌと呼ばれる死んでしまった恋人に向かって、「もういお前がいない今　お前は何と美しいのだ」(21)とうたっている。まさに、愛の対象の不在が、愛のうたをもたらすのであり、愛のうたが愛の対象の不在をもたらすのだ。

　とすれば、オルフェウスがエウリュディケを地上に連れ戻す途中で、振り返って見ようとしてしまうのは、地上に連れ戻すことで、オルフェウスがエウリュディケとここと今を共有することで、無言の愛が実現してしまうことを怖れた、ことばを決定的に失うことを怖れたためなのであろうか。ジューヴにはそうした傾向があった。ボヌフォワはそこを攻撃した。詩のことばを救うために、ここと今という現前を否定するといって、ジューヴを批判した[22]。

しかし、ブランショによれば、オルフェウスがエウリュディケを振り返って見ようとするのは、ジューヴがそれを目論んだように、うたをうたい続けるためではない。まさに、うたわないためなのだ。うたの起源に到達しようとするためなのである。うたの起源に到達してしまい、そのことでうたをうたうことを一回限りに止めてしまうことだ。しかし、それは不可能な企てでしかありえない。うたの起源への接近の試みは果てしなくなされるしかない。

つまり、うたということばの作品を作り上げることが最も重要なことではない。そうではなくて、人にうたをうたわせるもの、言わばうたの起源があるとすれば、そうした人にうたをうたわせるものと一つになる、少なくとも、そこに到達しようとすることの方が、ことばでできたうたそのものよりも重要なのである。

そして、人にうたをうたわせるものとしての起源があるかもしれない空間、それがブランショのいう文学空間という「空ろなる充溢[23]」としての空間なのだ。それは、ここと今にいながら、同時にここと今から無限に離れた自由な空間、あるいはここでもなく今でもない、不在でもなく現前でもないニュートラルな空間なのである。

次にブランショが述べる作品と霊感と起源との関係について観察してみる。

霊感によってオルフェウスが脅かされているように、作品も危ない目に会わされている。その瞬間、作品は究極の不確実性の地点に到達する。だからこそ、作品は自らに霊感を与えるものにかくも頻繁に、かくも強く抵抗するのだ。だからこそ、また作品は、彼女を見つめないときにしかお前は私を手元に置けないよと、オルフェウスに言いながら自らを守るのだ。だがこの禁じられた動作は、まさにオルフェウスが、作品の存在を保証するものの彼方に作品を持ち運ぶために完遂すべきことであるし、夜の元から彼のところにやってくる欲望に引きずられて、自らの起源（origine）に結びつくように夜に結びついている欲望に引きずられて、彼が作品を忘れて初めて完遂することのできることなのである。[24]

欲望ということばをめぐって起源ということばがここで初めて使われている。そして欲望の起源は夜と関係づけられて用いられている。起源といっても、それが昼の光に照らされて浮かび上がることも、明白な形で出現することもないありさまがこうして理解される。

もう一つ注意すべき事柄は、あたかも作品が主体性をもった生き物であるかのように扱われていることだ。作者が作品を作る、オルフェウスがうたをうたうのかもしれないが、作品やうたはただ作者やオルフェウスに受動的に従うだけではなく、逆に作者やオルフェウスに対して主体的に語りかけてもいる。マラルメが詩人は「語に主導権を譲り渡」し、自らは消滅する存在であると述べているが、[25]ブランショのこの文章においても作品が主体的にことばを発しているかのようである。

そして、作品も霊感の働きによって、自らの存在そのものが脅かされる。それは、霊感によって作品の起源ともいうべき地点に引き戻されてしまうからである。その起源とはおそらく、ありとあらゆる姿の作品、さまざまな様相を呈する独特な作品の彼方にあるかもしれない地点、しかも、そうしたありとあらゆる姿の作品を吸い込む大いなる真空のような地点、先の芭蕉のことばを用いて言えば、「閑さ」や「古池」が暗示する、あるいは「閑さ」や

「古池」の彼方にひかえる大いなる沈黙、あらゆることばがそこから生まれ、あらゆることばがそこに消えゆく沈黙の地点なのだ。とすればそれは、ポール・ヴァレリーが述べていた個々の場面でさまざまに変容する特殊で具体的で多様な自我を支配する普遍的な自我、純粋自我のあり方によく似ている。ただし、ヴァレリーがあくまでも支配するものとしての純粋自我のあり方を求めているのに対して、ブランショはそうした人間の支配を超えたものとしての起源への接近を求めているのだ。

先の引用に続けて、ブランショは次のように書いている。

この眼差しの内で作品は失われる。その時機だけだ、作品が絶対的に消失するのは、そして、作品よりももっと重要な何ものか、作品よりも重要性を欠いた何ものかが告げられ、肯定されるのは。作品は、自らが消失するこの欲望の眼差しを除けば、オルフェウスにとってすべてである、したがって、作品が自らを超え、自らの起源と一つに結ばれ、不可能性の内に自らを捧げることができるのも、この眼差しの内においてだけである。(26)

それにしても、ブランショは何故作品の起源というものを考え、それにこだわるのか。個々の具体的な作品の特異性をすべて捨象して、ということは言ってみれば、具体的な作品をすべて捨象して、そのありとあらゆる多様性の彼方にある「空ろなる充溢」、あるいはニュートラルなのっぺらぼうの空無に惹かれるのか。推測される一つの理由は、こうした起源としての空無、空無としての起源への接近こそが、ブランショには何ものにも変えがたい喜びだからである。

それはまた、何一つ所有しないという観点からすれば、宗教的な無所有、無所得に通じている。作品が作品を超えて起源に向かうように、ブランショという人間はブランショという人間を超えてそうした空無の地点に向かうかのようだ。

そして、空無はまさに自由そのものであることを忘れてはならない。つまりブランショにとっては、文学作品との出会いを通して、そして出会いの場で、この自由の地点に向かう動きこそが肝要であることがこうして理解される。

しかし、それは引用の最後にあるように、「不可能性」に身を捧げることでもある。ここでブランショが言う「不可能性」とは、自らが主体的な力を揮うことができないあり方を意味している。それは絶対的な受け身の動きに、法然や親鸞のことばを使えば「他力」に身を任せた状態なのだ。

次は、オルフェウスの眼差しの前と後について述べる箇所である。

オルフェウスに付き従う本質的な夜――無頓着な（insouciant）眼差しよりも前の夜――、オルフェウスがうたの魅惑の中に取り込む聖なる夜、そのために、うたの限界や限られた空間の中に押さえ込まれている聖なる夜は、確かに、眼差しの後にそうなってしまう空ろな浅薄さよりも豊かであり、厳かである。聖なる夜はエウリュディケを閉じ込めている、それはうたの中でうたを超えるものを閉じ込めている。だが、聖なる夜もまた閉じ込められているのだ、それは縛りつけられていて、付き従うものであり、儀式の力によって、秩序、公正を意味するそのことばによって、真っ直ぐなものによって、「タオ」という道によって、「ダルマ」という機軸によって制御された聖なるものである。オルフェウスの眼差しは、その聖なる夜を解き放ち、限界を打ち砕き、本質を収め引き止めていた掟を打ち破る。オルフェウスの眼差しは、こうして、自由の究極の時機、オルフェウスが自分自身から自由になる時機となる、そしてさらに重要な出来事なのだが、彼が作品をその気遣い（souci）から自由にし、作品の中に収められていた聖なるものを自由にして、聖なるものを聖なるもの自身に引き渡す（*donne*）、聖なるものの本質である自由に、自由であるというその本質に、聖なるものを引き渡す（*donne*）時機となる（霊感は、こうして、すぐれて贈与〔引き渡し〕（don）となる）[27]。

ここでは、オルフェウスがエウリュディケの方を振り向く、その眼差しがもたらす自由について集中的に述べられている。ブランショがここで言う自由とは、先ほどのことばを使えば、空無の地点に出現する無所有の自由である。何も持たない自由。自分が自分自身からも解放される自由、そこに出現するのが、何ものにもとらわれない聖なるもの、自由であることをその本質とする聖なるものが、自らに引き渡される動きなのである。

こうして、聖なるものは聖なるものとして出現する。聖なるもの以外は「～からの自由、解放」であるとすれば、聖なるものは「～への自由、解放」なのである。それは、聖なるものが本来自由そのものであるからである、とブランショは考えている。ということは、ブランショがオルフェウスの眼差しに、あるいはその彼方に、文学の起源を見ようとするのは、そこに聖なるものとしての自由が垣間見えると考えていることになる。

霊感と欲望について述べる文章を引用する。

霊感は、オルフェウスの眼差しを通して、欲望に結びついている。欲望は焦燥（*impatience*）を通して無頓着（*insouciance*）に結びついている。焦燥に駆られていない者は、無頓着に辿り着くこと、気遣いがそれ自身の透明さと一つになるその瞬間に辿り着くことは決してないだろう。だが、焦燥だけでよしとする者は、オルフェウスの無頓着で、軽率な眼差しが可能になることは決してないだろう。だからこそ、焦燥は、深々とした忍耐（patience）の中心であるべきだし、忍耐の果てしない待機と沈黙と慎み深さがその内奥から湧出させる純粋な閃光、究極の緊張が点火するきらめきとしてだけではなく、そうした待機を逃れた光り輝く地点や無頓着の見事な偶然としても湧出させる、純粋な閃光であるべきなのだ(28)。

ブランショがここで言う霊感は、欲望を中間項にして、無頓着に結びついている。普通、私たちが考える霊感は、先ほども述べたように、詩人なら詩人に、詩作品の核となるような構想を外から吹き込んで、詩人に作品を構築させる働き、超自然的な働きのことを意味する。霊感は作品を出発させるその動機のようなものとして、そして作品の完成を促すものとして考えられている。

ところがブランショは、霊感を、作品の完成から作品を逸らせるものとしてとらえている。作品が作品として完成すること、独自な存在を持つことを霊感は妨げる。妨げて、作品が作品として完成されるのとは逆に、作品がその起源に立ち向かうようにしむける。作品が作品の起源に立ち向かう動きをブランショは作品解体（désœuvrement）と呼んでいる。désœuvrement には、この意味のほかにも、何もしない（＝無為）という意味もある。作るのではなく、作らない、何もしない、あるいは解体する。

だが注意すべきなのは、作品解体が行なわれるためには、解体すべき作品がなければならないことだ。だからこそブランショは、焦燥は忍耐の中心でなければならないと言う。忍耐して作品が出来上がるかにみえる、その出来上がったかにみえた、忍耐の中心としての作品が、今度は、作品の起源という大いなる空無に立ち向かう、その動きがブランショのことばを使えば、純粋な閃光であり、きらめきであり、光り輝く地点であり、見事な偶然でもある。

「オルフェウスの眼差し」と題された節は「飛躍」という小節で終わっている。そこから引用する。

書くことはオルフェウスの眼差しと共に始まる、そしてこの眼差しは運命やうたへの気遣いを打ち破る欲望の動きなのだ、そして、霊感を受けた無頓着なこの決定の中で、起源に到達し、うたを聖なるものにする欲望の動きなのだ。だが、この瞬間の方に降りて行くためには、オルフェウスに既に芸術の威力が必要であった。こういう意味だ、つまり、人は、書くという動きによって開かれた空間の中を進んでしか赴けないこの瞬間に到達するとき、初めて書くことになる。書くためには既に書いていなければならない。こうした対立矛盾の内に、書くことの本質も経験の困難さも霊感の飛躍も位置しているのだ。[29]

ここに来ていきなり、書くことが問題にされる。今までは、うたとか作品とかが問題にされてきたが、ここで書くことが問題にされる。それは、書くことであって、何を、どのように書くのか、ということでは全くない。作品が作品の起源に立ち向かう動き（ブランショはそれを「書く」と呼ぶ）を①とし、詩人や小説家が作品を構築するために書くことを②と考えるとすれば、「書くためには既に書いていなければならない」という文章は、①の「書く」ことが出現するためには、②の書くことが必要だという意味になるであろう。

ブランショは多くの人のように、②の段階の書くだけで満足しない。文学の起源、作品の起源というようなものに心を向ける。それが「書く」ことの本質であり、経験の困難さであり、霊感の飛躍であると述べている。それはしかし、本質や瞬間や飛躍や困難なのではあっても、普段の状態ではないことに注意しよう。文学の起源や文学空間に代表されるような最も重要なことは、確かにあるかもしれない。しかし人生は、最も重要なことだけで成り立っているわけでもない。むしろ、大切とも思われない瑣末なことがらや出来事で満たされた時間や空間が日常の姿であろう。文学空間は、ブランショにとって、そうした日常の姿とは別のもう一つの世界である。それは彼が、日常の瑣末なことがらということと今の方にではなく、生命の営みを生命の営みたらしめているもの（生命の営みの起源）の方に目を向けてしまうことを意味する。それは、ここと今という日常の表面の姿ではなく、その表面の背後あるいは彼方にあるかもしれない起源への、まさに隠されたものの現われへの眼差しである。

オルフェウスをめぐるうたの力について述べてきたブランショは、この最後の小節に来て、いきなり書くことを問題にする。ここにもブランショの文学に対する考え方の一つの側面を垣間見ることができる。それは、うたうことも書くことも同じレベルで文学空間を構成していることである。つまり、ヴァレリーには存在していた韻文詩や散文の間の明確な区別というものは最早問題にはなっていないということである。

全ての道は文学に通じているのだ。

それにしても、文学の起源にブランショは何故こだわるのか。文学の起源に到達しようとすることで彼は何を目指すのか。

人間が人間を超えた存在と出会う、自分が自分を超えた存在と出会う、作品が作品を超えた存在と出会う、すべてに共通するのは、一つのものがそれだけでは決して完成＝完結しないということだ。それは、どこか、宗教的なことがらを想起させるのであるが、宗教が求める超越者に相当するものが目的点だとすれば、起源へのこだわりとは、逆に出発点への指向の動きである。こうして、その内に宗教的な傾きとしての終着点への動きと、それを反転させた始発点への動きという二つの動きが出会い、相殺しあうことで、そこに自由であることを本質とするニュートラルな空間が出現する。

このことと同時に、ブランショの中には、文学を一回限りに終らせたいという欲望があると考えることができる。文学に対する偏執、恋着があまりにも強いために、そうした偏執、恋着の縛りから解放されるために、文学の起源にさかのぼろうとしたのではないのか。

文学を愉しむだけで事が済むのであれば、それはそれでいい。しかし、ブランショの場合は、文学を愉しむだけで事が済まなかった。このまま行けば、文学に食らい尽くされるという恐怖があったのかもしれない。二十四時間文学にとらわれ続ける恐怖と歓び。狂気へと引き渡されてしまうことへの恐怖と歓びがブランショに、その第一原因としての文学の起源を求めさせるのであろう。

事実、彼は『来るべき書物』の中の「文学はどこへ行くのか」と題された第四章の「文学の消滅」という第一節で次のように言っている。

「文学はどこへ行くのか」。確かに、驚くべき問いだ、だがさらに驚くべきなのは、もし答があるとすれば、それは誰にでもわかる答だということだ。つまり、文学は文学そのものの方へ行く、消滅するというその本質の方へ行くということだ。(30)

こうして、文学にとらわれ続けてきたブランショ、それが小説であれ、詩であれ、演劇であれ、評論であれ、日記であれ、手紙であれ、すべてを文学と見做していたブランショが、やがては文学ということばを使わなくなる。そして、文学なのか、哲学なのか、思想なのか、随想なのか、アフォリズムなのか、いかなる明確なジャンルにも分類できない断章風の文章を書き始める。
あたかも、十六世紀、十七世紀のモンテーニュやパスカル、ラ・ロシュフーコーのような文章、それはブランショにとって最早文学という枠組みに限定された文章ではなくなっている。むしろ、エクリチュール（écriture）と呼ぶしかないものになっている。「書く（écrire）ためには既に書いていなければならない」と彼は言ったが、まさに「書く」ことだけが問題となるような作品を発表し始めるのである。

（本章は、二〇一〇年四月二十四日の「愛知大学公開講座『言語』二〇一〇」において発表したものの一部である。その機会を与えて下さった加藤俊夫先生はじめ、高橋秀雄先生、田川光照先生に深く感謝します。）

注

（1）Paul Verlaine, *Jadis et Naguère* dans *Œuvres poétiques complètes*, Gallimard, Bibliothèque de la Pléiade, 1979, pp. 326–327.
（2）Edgar Allan Poe, « La Genèse d'un poème » dans *Prose*, traduction de Charles Baudelaire, Gallimard, Bibliothèque de la Pléiade, 1951, pp. 991–1009.
（3）Paul Valéry, « Variété » dans *Œuvres I*, Gallimard, Bibliothèque de la Pléiade, 1965, pp. 608–609.
（4）Stéphane Mallarmé, *Un coup de dés* dans *Œuvres complètes*, Gallimard, Bibliothèque de la Pléiade, 1974, pp. 455–477.
（5）Paul Valéry, « Variété » dans *Œuvres I*, *op. cit.*, pp. 1317–18.
（6）*Ibid.*, p. 1324.
（7）*Ibid.*, p. 1338.
（8）Paul Valéry, *Charmes* dans *Œuvres I*, *op. cit.*, p. 147.
（9）Paul Valéry, « Variété » dans *Œuvres I*, *op. cit.*, pp. 1329–30.

(10) *Ibid.*, p. 1330.
(11) *Ibid.*, p. 1092.
(12) 村松剛『評伝ポール・ヴァレリー』筑摩書房、一九六八年、一八頁。
(13) Maurice Blanchot, *L'Espace littéraire*, Gallimard, 1955, p. 179.
(14) *Ibid.*, p. 179.
(15) 中原中也「在りし日の歌」『新編中原中也全集』第一巻、詩I本文篇、角川書店、二〇〇〇年、二五六頁。
(16) Maurice Blanchot, *L'Instant de ma mort*, Fata Mogana, 1994, pp. 7–12.
(17) Maurice Blanchot, *L'Espace littéraire*, *op. cit.*, pp. 181–182.
(18) 井本農一、堀信夫、村松友次校注・訳『松尾芭蕉集』『日本古典文学全集』四、小学館、一九八六年、一〇二頁。
(19) 同書、一六九頁。
(20) Maurice Blanchot, *L'Espace littéraire*, *op. cit.*, p. 169.
(21) Pierre Jean Jouve, *Matière céleste* dans *Œuvres I*, Mercure de France, 1987, p. 282.
(22) Yves Bonnefoy, « Pierre Jean Jouve » dans *Le Nuage rouge*, Mercure de France, 1992, pp. 280–281.
(23) Maurice Blanchot, *Le Livre à venir*, Gallimard, 1959, p. 16.
(24) Maurice Blanchot, *L'Espace littéraire*, *op. cit.*, p. 182.
(25) Stéphane Mallarmé, « Variations sur un sujet » dans *Œuvres complètes*, *op. cit.*, p. 366.
(26) Maurice Blanchot, *L'Espace littéraire*, *op. cit.*, pp. 182–183.
(27) *Ibid.*, pp. 183–184.
(28) *Ibid.*, p. 184.
(29) *Ibid.*, p. 184.
(30) Maurice Blanchot, *Le Livre à venir*, *op. cit.*, p. 237.

尾 崎 孝 之（おざき たかゆき）

1945年　愛知県生まれ
名古屋大学大学院文学研究科仏文学専攻博士課程中退
現在、愛知学院大学客員教授
著書：『ことばの現前』（晃洋書房、1996年）、『ピエール・ジャン・ジューヴ――詩作品と色彩語』（ユニテ、2000年）、『ブランショという文学』（ユニテ、2009年）
論文：‹ Une fleur bleue dans la montagne › in *l'Atelier du roman N° 56*, « Jouve et Bonnefoy à propos de la traduction de *Macbeth* » in *Pierre Jean Jouve*, Roman 20–50.「〈陶酔する船〉の反復と変奏について」、「小林秀雄と中原中也――〈陶酔する船〉をめぐって」、「〈若き日の希望〉から〈生の幸福〉へ――中原中也の魂の行方」、「〈アンチ＝プラトン〉解釈の試み」他

未知なる死から非知なる生へ――フランス近現代詩の流れ

2017年12月25日　第１刷発行

著　者　尾 崎 孝 之
発行者　林 鉱 治
発行所　株式会社 ユ ニ テ
〒464-0075 名古屋市千種区内山３丁目33-8
電話（052）731-1380
FAX（052）732-1684
郵便振替 00800-9-1881
印刷・製本 あるむ

＊落丁本・乱丁本はお取り替えいたします。　ISBN978-4-8432-3085-5 C3098